Déjà parus :

Ciconia, 2016
Ishia, 2016
Cargo, suivi par Le Château, 2018

Massassauga

*Une aventure
de Vicky Van Halen
et du commissaire Janvier*

Manuel Mereb

FSC
www.fsc.org
MIXTE
Papier issu
de sources
responsables
Paper from
responsible sources
FSC® C105338

© 2018, Manuel Mereb
Éditeur : BoD – Books on Demand
12/14 rond-point des Champs Élysées, 75008 Paris
Impression : BoD – Books on Demand, Allemagne

ISBN : 978-2-32216-555-1

Dépôt légal : Décembre 2018

Prologue

Elle jouait avec, la faisant voleter autour d'elle, rentrer puis sortir, et ce n'est que bien plus tard, lorsque son ventre commença à s'arrondir, qu'elle comprit de quoi il s'agissait exactement. Encore fallut-il que M'chawi lui fournisse certaines explications, certes confuses, et dont la teneur aurait terrorisé n'importe quelle autre fille de son âge. Mais pas Ishia.

Ishia caressait l'âme de son fils en ronronnant pour la consoler de l'avoir maltraitée tantôt. Elle n'avait peur de rien, en tout cas rien de ce qui rampait sur la terre ou volait dans les airs. Elle craignait les dieux qui apportaient les tempêtes et les maladies, ou encore ceux qui régnaient sur les contrées mystérieuses de la mort. Mais pas les autres.

Concernant son « talent », la vieille sorcière lui avait appris les rudiments avant de laisser la jeune apprentie expérimenter par elle-même. Ishia s'était révélée une élève extrêmement douée. En quelques mois, les techniques de base, comme sortir de son corps ou investir celui d'un animal, étaient devenues un jeu d'enfant pour elle. Après sa douloureuse « initiation », Ishia, fuyant sa chair meurtrie, se réfugia dans celle de toutes sortes d'animaux : petits rongeurs, féroces prédateurs, serpents, singes, et surtout oiseaux. Leur esprit simple se révéla particulièrement facile à manipuler et la sensation de planer dans les airs était des plus grisantes. Elle fit des expériences, intervertissant les âmes d'espèces différentes, mais la plupart étaient trop rigides pour s'adapter et devenaient folles ou restaient tétanisées.

Quand le fruit du viol commença à pousser dans son ventre, l'esprit naissant devint son jouet favori.
Souvent, à l'approche d'une bête sauvage, elle projetait l'âme hurlante de son fils pour faire fuir l'animal terrorisé, simplement par jeu. Elle aimait aussi se réfugier dans son ventre, à l'intérieur du fœtus, baignant ainsi dans son propre liquide amniotique. Plus tard, elle découvrit qu'elle pouvait l'utiliser comme moyen de transport, en lui faisant intégrer le corps de gros mammifères.
Korongo fut donc longtemps un éléphant. Tour à tour tigre, buffle ou pachyderme, il servait de monture pour sa génitrice qui put alors se déplacer à sa guise, accédant du statut de vague légende à celui de déesse vivante. Accompagnée d'une vaste cour d'animaux, elle visitait les villages alentour,

troquant protection et bienveillance contre un tribut humain. Les habitants lui offraient leurs premiers-nés, permettant ainsi à la jeune magicienne, tout en instaurant un règne de fer, de se bâtir son premier réservoir d'êtres humains, pratique qu'elle généralisa par la suite. Mettant en application les enseignements de sa tutrice, Ishia plaça les corps en stase et se servit des âmes pour exécuter ses ordres et servir à ses expérimentations.

Car, au fur et à mesure qu'Ishia étendait son influence, elle continuait à repousser les limites de son pouvoir. Après avoir manipulé les mammifères, les oiseaux et poissons avec succès, elle butait sur les insectes et les plantes. La flamme qui les animait était trop ténue pour être appréhendée facilement, et leur conscience de groupe bien trop diffuse. À force de travail, elle réussit cependant à piéger l'imperceptible âme d'un scarabée dans un rat.

M'chawi l'avait mise en garde : l'esprit du sorcier, en investissant un cerveau de taille réduite, voyait ses capacités diminuer. Il devenait plus difficile de réfléchir, et de retenir les choses aussi. Certains oubliaient leur personnalité d'origine et restaient piégés dans le corps d'emprunt jusqu'à la fin de leurs jours. Mais Ishia n'avait peur de rien ; aussi, par une belle après-midi ensoleillée, son esprit fondit sur le coléoptère et, avec un inaudible hurlement, fut instantanément disloqué.

Ishia devint légion. Elle se répandit dans les entrailles de la terre, dispersée en une myriade d'éléments séparés, et expérimenta la multitude. Elle mit des mois pour rassembler sa personnalité et ressurgir dans son corps, égarant au passage un autre fragment de son humanité. Entre-temps, les insectes avaient pris soin de son enveloppe physique, lui apportant oxygène et nourriture, et l'avaient enfouie sous terre pour la protéger. Après cet épisode, nul ne vit plus jamais Ishia rire ou s'amuser...

Un matin donc, celle qu'on appellera plus tard la Déesse aux Mille Visages, le corps recouvert d'une épaisse couche d'insectes qui la nourrissaient et la nettoyaient, sortit de sa gangue de terre, naissant ainsi pour la seconde fois, et entreprit d'arpenter le monde. Son fils, voletant autour d'elle, l'accompagnait.

1

Vicky Van Halen et le commissaire Janvier entrèrent dans le hall de l'aéroport Trudeau au pas de course, accompagnés d'une équipe des forces spéciales canadiennes. Triple M, la singulière responsable des services secrets, les avait pourvus d'un automatique Sig Sauer d'excellente facture, d'un gilet pare-balles en kevlar et d'une oreillette pour les briefer.

– Messieurs, l'aéroport est entièrement bouclé, leur apprit-elle. Nous avons deux snipers sur les toits et une équipe du Groupe Tactique d'Intervention est déjà sur place. L'avion se pose en ce moment même ; alors, s'il vous plaît, messieurs, butez-moi cette salope !

Ça avait le mérite d'être clair au moins.

Ishia avait été signalée à bord d'un vol en provenance de Norvège et Madame M, après une longue conversation avec le président, s'était laissé convaincre de ne pas faire exploser l'avion en plein vol. Au risque d'un dérapage sur le sol canadien, il fut préféré une option plus conventionnelle. Triple M fulminait de rage, mais s'exécuta.

Au moment où les premiers coups de feu éclatèrent, il fut évident que ses craintes étaient justifiées.

– Il semblerait que nous ayons un petit problème, fit Madame M : les passagers du vol NVR33 ont pénétré dans les bâtiments au niveau de la porte 82. L'équipe du GTI ne répond plus.

Alex et Vicky échangèrent un regard en accélérant le pas. Tout ça ne leur disait rien qui vaille.

– Calice ! Mettez-vous à couvert !

À peine l'avertissement eut-il retenti dans leur oreillette qu'une puissante explosion dévasta le hall où ils se trouvaient. La force du souffle fut telle que les vitres de l'aéroport volèrent en éclats. Passagers, valises et mobilier furent brutalement redistribués suivant une géométrie différente, particulièrement dévastatrice, et l'air s'emplit d'un coup d'une fumée à l'odeur de silice et de plastique brûlé.

L'équipier placé directement devant Vicky absorba la plus grande partie de la déflagration, mais le souffle le projeta si violemment sur elle et leurs têtes s'entrechoquèrent de si belle façon que la légiste fut complètement sonnée durant quelques secondes. Lorsqu'elle reprit ses esprits, la jeune femme eut du mal à se situer exactement. Un nuage de poussière emplissait l'atmosphère, l'empêchant de distinguer clairement la situation, et ses oreilles émettaient un sifflement continu si bien qu'à l'exception des détonations d'armes automatiques, elle n'entendait strictement rien. Manifestement, une bataille rangée avait lieu non loin, vu le boucan que ça faisait…

Le type qui lui avait servi de bouclier était mort. Elle le repoussa et se faufila derrière un comptoir pour se mettre à l'abri d'une balle perdue. Suivant une impulsion soudaine, Vicky se glissa par l'ouverture d'une porte qui menait à un bureau. Elle se laissa guider par les panneaux lumineux marqués *Exit* et se retrouva rapidement dehors sur le tarmac. Pas âme qui vive ici ; seul le bruit des armes à feu troublait le silence. Observant les alentours, Vicky se décida à éviter dans l'immédiat le cœur de la bataille, avec l'espoir de peut-être prendre les assaillants à revers, ou au moins d'avoir un poste d'observation plus intéressant. Contournant les caisses et les pylônes de béton, elle longea donc le bâtiment sur le côté, à demi courbée et tenant son revolver devant elle.

Tout à coup, elle aperçut non loin un groupe de trois personnes qui pénétraient dans l'édifice en poussant un fauteuil roulant.

– Hé, cria-t-elle. Attendez !

Vicky se précipita dans leur direction et s'engouffra par la porte qu'ils avaient franchie quelques secondes auparavant. Un long couloir s'ouvrait en face, mais personne en vue. Elle courut tout droit, passa la porte suivante et arriva dans un vaste hall de réception des bagages. L'endroit était désert, à l'exception du petit groupe qui poussait le fauteuil.

– Arrêtez-vous, bon sang, ou je fais feu !

Pour toute réponse, l'un d'eux se retourna et lâcha une rafale d'arme automatique dans sa direction. Vicky bondit derrière un tapis roulant pour se mettre à l'abri. Les balles ricochèrent sur la surface métallique sans l'atteindre. Roulant sur elle-même, elle se redressa et tira trois balles coup sur coup par-dessus le rebord. Elle n'espérait pas toucher qui que ce soit, mais ce fut suffisant pour jeter un œil et voir quelle issue ils empruntaient. Quand la porte se fut refermée derrière eux, Vicky s'élança à leur poursuite. Elle franchit un sas à vive allure et stoppa soudainement devant un bloc sanitaire. Il lui semblait avoir entendu un bruit. Passant la tête par l'ouverture, Vicky aperçut la personne en fauteuil devant la rangée de lavabos. C'était une gamine, manifestement très handicapée vu sa maigreur, qui geignait en dodelinant de la tête, sanglée sur sa chaise. Elle mise à part, l'endroit semblait désert. *Les salauds l'ont abandonnée*, se dit Vicky. Elle vérifia soigneusement que personne ne se cachait dans un coin, s'approcha et secoua la main de la jeune fille.

– Bonjour, tu m'ent…

Soudain, Vicky se rendit compte que quelque chose n'allait pas. Ses jambes ne la portaient plus, elle n'avait plus de sensations. La pièce se mit à tourner de plus en plus vite et elle tomba, ou plutôt se vit tomber, lourdement au sol.

2

Janvier remercia sa bonne étoile : un lourd pilier l'avait protégé de l'essentiel de l'explosion qui avait décimé son groupe. Comme les particules en suspension dans l'air bloquaient toute visibilité, l'univers du commissaire s'était brusquement réduit à un rempart de béton et à un infortuné compagnon qui se terrait avec lui en se tenant les oreilles. Voulant lui parler, le commissaire se rendit compte qu'il n'entendait pas sa propre voix. Seul un fort sifflement lui vrillait les tympans. *Ma parole, on se fait attaquer à l'arme lourde !* pensa-t-il avant de se recroqueviller de plus belle : autour de lui, le béton crépitait sous les impacts de balles. *Mais merde enfin !* La fumée commença à se dissiper légèrement et le commissaire vit qu'un petit groupe ripostait non loin de là. Des flics abrités dans un renfoncement et qui ne manquaient apparemment pas de cran. Tout le monde tirait au jugé, vu qu'on n'y voyait rien. Idéal pour prendre une balle perdue… Seuls les éclairs des détonations perçaient la fumée. Janvier prit le temps de la réflexion : vu la puissance de feu qu'il y avait en face, le pilier n'offrait pas une protection suffisante. Si les types lançaient une grenade, lui et son acolyte finiraient en charpie. Il fallait changer de position, et si possible rapidement, avant que la fumée ne se dissipe. Une corniche, qui surplombait le hall sur toute la longueur, pouvait représenter un endroit idéal ; le problème serait d'y aller. Un escalier se trouvait à proximité mais il était en plein champ de bataille, entièrement à découvert. Plutôt délicat… L'autre solution serait de faire marche arrière et de chercher un second escalier, mais où ? Risquant un œil en arrière, Janvier vit soudain Triple M débouler dans le hall, accompagnée par quelques officiers militaires. Elle prit position derrière un second pylône de béton, épaula un genre d'objet allongé. Le commissaire entendit un *whoouuushh*, suivi d'une longue traînée de feu. Le comptoir d'en face explosa dans une boule de feu. Janvier était bouche bée. Elle plaisantait pas, la Canadienne ! Pour le coup, il était content qu'elle soit dans son camp. Profitant de la diversion, il prit son courage à deux mains et, sans réfléchir plus avant, bondit vers l'escalier. Serrant les fesses, il cavala à toute vitesse sur les marches tandis que des débris retombaient encore autour de lui et, Dieu merci, atteignit la corniche sans encombre. Il progressa en silence en direction des assaillants, alors que les échanges de tirs reprenaient à l'étage du dessous. Par-dessus son épaule, Janvier se rendit compte qu'un des militaires l'avait suivi et progressait derrière lui. Sa tenue n'avait pas l'air très réglementaire avec sa cagoule et ses binoculaires de combat. Le gars ne portait qu'un nombre de protections limité mais de nombreux équipements étaient fixés sur son dos et ses membres. Il lui fit signe de continuer, mais le commissaire, malgré l'adrénaline, cherchait son souffle et le laissa passer devant. Se déplaçant avec souplesse, il avança jusqu'à une sorte de promontoire où il prit position. Quand Janvier le rejoignit, il finissait d'assembler un fusil ultraléger, muni d'un silencieux et d'une visée laser. Alors qu'une nouvelle explosion retentissait en bas, il épaula son arme, visa et fit feu. Le commissaire se plaça de manière à pouvoir observer en contrebas sans être vu pendant qu'il chargeait une nouvelle cartouche.

À sa grande surprise, Janvier comprit qu'ils se battaient contre les membres du GTI ; le blason qu'ils portaient dans le dos ne laissait pas la place au moindre doute. Vêtus d'armures lourdes, ils arrosaient le hall au fusil d'assaut, produisant un impressionnant déluge de balles. Avec son automatique, Janvier n'avait aucune chance contre eux. Son compagnon qui visait les points faibles, s'en sortait bien en revanche. Chacune de ses balles atteignait sa cible, faisant des ravages dans les rangs ennemis. Pendant ce temps, Triple M les pilonnait à la roquette, les forçant à reculer. Ils formaient tous les deux un combo redoutable.

Soudain, un groupe d'une cinquantaine de personnes protégées par un cordon de policiers surgit et commença à traverser le hall. Quand il les vit, le sniper changea aussitôt de cible et les aligna. Il dégomma des flics, mais aussi des civils. Janvier n'y comprenait plus rien. Complètement sidéré, il observait la scène quand il crut reconnaître Van Halen dans le groupe. Plissant les yeux, il vit qu'elle poussait un fauteuil roulant au milieu du cercle qui se dirigeait manifestement vers la sortie de l'aéroport. Le sang du commissaire ne fit qu'un tour : il bondit sur le fusil du tireur à côté de lui.

3

Vicky Van Halen reprit conscience par à-coups. Ses pensées reprenaient forme par moments, accompagnées de visions floues, avant de sombrer à nouveau dans le néant. Elle sentait qu'elle était entourée de gens et transportée en position assise, mais guère plus. Plus le temps passait, plus elle redevenait lucide, mais sa vue demeurait étrangement troublée et elle était toujours incapable du moindre mouvement, comme si toute force s'était dissipée. Les sons lui parvenaient de la même manière que si elle se trouvait sous l'eau. Sa première pensée cohérente fut qu'elle avait été victime d'un accident, puis soudain elle comprit : on l'avait droguée. La persistance de certains symptômes ne laissait place à aucun doute : engourdissement, légère euphorie, incapacité à se situer dans l'espace, troubles sensoriels… Tout ça sentait le GHB ou un autre truc du même goût. Au lieu de paniquer, elle se sentait étrangement excitée par la situation, mais elle savait que ça aussi, c'était probablement un effet de la drogue.

Vicky ferma mentalement les yeux et tenta de rassembler ses souvenirs les plus récents. Elle revécut l'explosion dans le hall de l'aéroport, ainsi que la fusillade qui lui succéda, mais la suite était plus floue. Un groupe de trois personnes, quelqu'un qui lui tire dessus à la mitraillette, une fillette dans un fauteuil roulant, quelques images fugaces, voilà tout ce qu'elle se rappelait.

Se concentrant ensuite sur ses propres sensations, la jeune légiste alla de surprise en surprise. Tout d'abord, elle ne pouvait se défaire d'un bizarre sentiment d'étrangeté générale. Elle ne reconnaissait rien de son propre corps, mais ça lui faisait malgré tout du bien de focaliser son attention sur quelque chose. Elle se mit à compter ses dents avec la pointe de la langue. Quand le chiffre quatorze s'imposa dans son esprit, elle recommença. Ce n'était pas possible. Le nombre de dents chez un adulte normal était de trente-deux et Vicky ne faisait pas exception à la règle. À quatorze, on était loin du compte. Après avoir recompté plusieurs fois et obtenu le même résultat, la jeune femme eut un accès de panique. L'hypothèse de l'accident refit surface avec force, même si elle ne ressentait pas de traumatisme majeur dans son corps. Pas de douleur particulière non plus.

Heureusement, elle était parfaitement capable de contrôler ses émotions et connaissait les avantages et inconvénients de la peur. Elle se concentra sur sa respiration, puis sur les battements de son cœur. Elle savait que la libération d'adrénaline allait simultanément accélérer ses processus cognitifs et l'élimination des drogues présentes dans son sang.

De fait, ses idées furent bientôt plus claires et ses sensations plus nettes. Elle fit à nouveau une tentative pour bouger ses membres, sans succès, mais constata que ses muscles se contractaient. Elle n'était donc pas paralysée, mais plutôt attachée. Attachée dans un fauteuil et droguée. Le tableau prenait forme.

Pendant un temps assez court au final, Vicky serra frénétiquement les poings et les pieds, remua autant qu'elle put, puis, très vite, elle décida d'économiser ses forces et de rester tranquille. Elle était lucide, c'était l'essentiel. Elle entendait mieux aussi, même si elle se révélait toujours incapable d'ouvrir les yeux, probablement à cause d'un bandeau. Elle comprit d'un coup que le ronronnement omniprésent qu'elle entendait était le bruit d'un moteur et que les secousses qu'elle ressentait étaient en fait les cahots de la route. Elle ne comprenait toujours pas pourquoi elle n'avait que quatorze dents dans la bouche mais le fait de savoir qu'elle se trouvait à l'arrière d'un véhicule lui faisait du bien. Elle n'était pas seule. Quelqu'un la conduisait. Le voyage finirait, quelle que soit la destination, et elle pourrait sortir de là.

Et de fait, après un temps infini, le véhicule finit par s'arrêter et le moteur se coupa. S'ensuivit un bruit de portière, puis un déluge de lumière inonda la légiste tandis qu'on la tirait à l'extérieur. Parallèlement, une présence envahit son esprit, une présence douce mais ferme, forte et très puissante.

– La fin du voyage pour toi, ma belle, entendit-elle.

Cette voix, Vicky la connaissait. Intimement. Elle battit des paupières, tentant de mieux distinguer la silhouette dans l'ouverture de la porte, puis, plissant les yeux, elle finit par reconnaître le visage qui lui faisait face Vicky, qui avait pourtant le cœur bien accroché, fut saisie d'une peur sans nom. Car ce visage, sans aucun doute possible, c'était le sien.

4

– ALLEZ VOUS FAIRE FOUTRE !

L'haleine douteuse et la volée de postillons accompagnant l'invective donnaient un côté concret à l'expérience mais ne la rendaient pas plus agréable pour autant.

Madame M s'essuya stoïquement et garda ses lèvres closes. Il faut ici lui rendre hommage car la colère du commissaire était chose extraordinaire. Les autres personnes présentes, à savoir le tireur d'élite de l'aéroport, qui arborait un splendide œil au beurre noir, et un coordinateur des services secrets étaient dans leurs petits souliers.

– VOUS AVEZ COMPLÈTEMENT MERDÉ, VOUS ENTENDEZ ? MERDÉ !

Cela faisait quelques minutes que ce manège durait : Janvier criait en gesticulant, Triple M soutenait son regard de ses yeux bleu acier et les deux autres examinaient tour à tour leurs ongles ou leurs pieds.

Triple M décida que ça suffisait. Depuis son fauteuil, elle attrapa la manche du commissaire et le tira brusquement vers elle jusqu'à ce que leurs visages se touchent. Elle non plus n'avait pas l'haleine très fraîche.

– Fermez-la un peu, vous voulez bien ? articula-t-elle d'une voix grondante où la menace était clairement perceptible. On n'entend que vous ici.

Bizarrement, cela fonctionna. Étonné lui-même, Janvier se laissa tomber sur une chaise et croisa les bras en silence.

Madame M put reprendre où elle s'était arrêtée :

– Comme je vous le disais avant l'intervention du euh… commissaire à la retraite Janvier, le désastre que nous avions prévu à l'aéroport s'est effectivement produit. Si on m'avait laissée bombarder l'avion, nous n'en serions pas là. Ce qui conforte mon avis : contre la cible qui nous occupe, l'approche frontale est une très mauvaise option, quel que soit l'armement, pour la simple raison qu'elle est en mesure de le retourner contre nous. En revanche, les missiles, particulièrement les très gros et très puissants, constituent une tactique beaucoup plus efficace.

Triple M fit une petite pause, histoire de jauger son auditoire, et reprit :

– Ceci nécessite un petit corollaire : nous savons qu'elle et son fils sont capables de faire migrer leurs esprits dans d'autres enveloppes physiques, animales ou humaines. Nous pensons aussi qu'il est probable, très probable même, que le corps que nous connaissons ne soit pas celui d'origine. En fait, pour ce que nous en savons, Ishia et Korongo pourraient avoir des centaines, voire des milliers d'années.

Janvier se racla la gorge.

– La question est la suivante : comment capturer ou tuer une entité d'ordre spirituelle capable de sauter d'un corps à l'autre ? Les éléments découverts récemment en Norvège, je pense notamment aux bandeaux électriques, constituent une piste sérieuse, mais… une bombe H présente l'avantage d'être rapide, sûre et efficace à cent pour cent en éliminant du même coup tout réceptacle dans lequel Ishia pourrait se réfugier. Bref, au stade où nous en sommes, nous concentrerons nos efforts sur la localisation de la cible. Quand nous l'aurons, la zone sera vitrifiée. Les experts en communication du gouvernement sauront trouver une explication pour le public.

À ces mots, Janvier posa ses mains bien à plat sur la table et s'en servit pour se lever. Les yeux dans les yeux, il déclara :

– Vous allez abandonner Vicky Van Halen et sacrifier des innocents, sous prétexte de limiter les risques, mais en réalité, nous savons tous que c'est parce que vous aimez faire joujou avec des gros calibres.

Le commissaire ouvrit la porte et continua :

— J'en reviens donc à ce que je disais : allez vous faire foutre !

Dans la rue, Janvier fut rejoint par le tireur d'élite et son œil au beurre noir.
— Vous partez à la recherche de miss Van Halen ?
— Exactement. Barre-toi, bouffon, je t'ai vu mettre en joue des civils à l'aéroport. Tu ne vaux pas mieux que l'autre zinzin du bazooka. D'ailleurs, vous faites une super équipe tous les deux, je dois dire.
— Vous n'y êtes pas, commissaire. Je n'approuve ni son style, ni ses méthodes. Et je comprends vos motivations : on n'abandonne pas son coéquipier. Je pourrais vous être utile, laissez-moi vous aider.
— Hors de question. Retourne chez ta mère.
— Vous avez tort, Janvier, je connais bien le terrain. Vous gagneriez un temps précieux.
— Plutôt un serpent qu'un gars comme toi.
— Et si je vous disais que j'ai une piste ?

5

Avec un reniflement de mépris, Ishia tira l'automatique de son holster et le pointa sur la handicapée suffocante qui venait de se faire dessus. À bout portant, elle lui fit exploser la boîte crânienne, projetant des fragments d'os et de cervelle aux alentours.

– La mort par arme à feu, dit-elle. La même que celle que tu as réservée à mon fils.

Ishia intercepta l'esprit de Vicky Van Halen qui, libéré de son enveloppe corporelle, tentait désespérément de réintégrer son propre corps.

– Ah non, celui-là, je le garde. Ce serait trop facile ! Korongo sera ravi de pouvoir l'utiliser, il me l'a clairement fait comprendre. Il nous attend impatiemment.

La sorcière expulsa l'âme d'un minuscule oiseau et noua celle de Vicky à sa place dans le corps voletant.

La petite troupe se mit en route sans attendre, abandonnant sur place les véhicules et le cadavre sanglé dans son fauteuil. Elle était composée d'une trentaine de personnes, majoritairement des passagers de l'avion, mais aussi des membres survivants du groupe d'intervention de la police. Malgré le carnage perpétré par le sniper de l'aéroport, ils formaient un groupe solide et puissamment armé.

Vicky leur trouvait un comportement étrange. Ils avançaient d'une allure pataude et empruntée, sans un mot et le visage fermé, un peu comme des zombies. Concentrée sur sa propre locomotion, la jeune femme ne leur accordait pourtant que peu d'attention et les soupçonnait d'être dans le même cas qu'elle : des esprits captifs, coincés dans des corps d'emprunt. Les passagers n'en étaient pas vraiment, et les policiers non plus.

Passé le choc de se prendre une balle dans la tête, elle avait connu l'extraordinaire sensation d'être libérée de toute enveloppe physique. Elle ne ressentait plus aucune douleur, ni gêne, mais plutôt une impression de plénitude, de liberté totale. Sa vision était bien plus nette aussi, et les couleurs plus vives. Vicky avait également une perception accrue des énergies vitales, celle des plantes, et surtout celles des animaux et des compagnons autour d'elle.

Immédiatement, elle s'était sentie attirée par son véritable corps, occupé par Ishia, et s'était précipitée dans sa direction. Mais elle n'était pas de taille pour lutter contre la sorcière : en un tournemain, elle se retrouva coincée dans le corps d'un petit oiseau, commença par battre des ailes n'importe comment et chut au sol. Le retour dans une enveloppe de chair était difficile en soi, mais celle de l'oiseau amenait une difficulté supplémentaire : sa cervelle était bien trop petite pour servir de support à un esprit humain pleinement développé. Vicky avait l'étrange impression d'être assise sur un strapontin particulièrement inconfortable. Il lui était difficile d'avoir des pensées construites ou de se concentrer sur un sujet précis.

Voyant le groupe s'éloigner avec son véritable corps, elle fit plusieurs tentatives pour s'envoler, battant maladroitement des ailes et ne réussissant qu'à s'épuiser. Après un ultime essai malheureux, elle retomba piteusement et resta au sol, désespérée.

La troupe, franchissant l'orée du bois, fut bientôt hors de vue ; alors, une dernière fois, Vicky s'élança dans leur direction. La sensation de voir son véritable corps s'éloigner lui était insupportable : il fallait qu'elle y arrive.

Vicky finit par comprendre le truc un peu par hasard. Elle avançait maladroitement sur ses petites pattes, zigzaguant entre les obstacles du terrain et sautant au-dessus des plus petits. Lors d'un de ces petits sauts, elle s'aperçut que l'oiseau battait des ailes instinctivement. Il lui suffit alors de diriger son attention vers le haut pour s'envoler.

Mais bien sûr, comprit-elle, *les animaux font les choses d'abord par instinct ! Pas en réfléchissant !*

Quelques instants plus tard, elle rejoignit le groupe dans la forêt. Ishia, assise sur un grand élan brun foncé, l'accueillit avec un rire :
– Je savais que tu y arriverais, les âmes retrouvent toujours leurs corps.
Elle tendit la main et captura le petit être au vol.
– Enfin, elles essaient…
La voleuse de corps déposa l'oisillon sur son épaule et ordonna à la troupe de reprendre la route.

Des heures plus tard, après une éternité passée à traverser la forêt, ils débouchèrent sur un terrain plus accidenté. La pente devint plus raide, mais leur progression était facilitée par l'absence de végétation. Vicky se fichait du paysage : elle était fascinée par la vue de son propre corps. Le grain de la peau, le soyeux des cheveux, le dessin de l'oreille, toutes ces choses qu'elle connaissait si intimement la bouleversaient. Même le parfum qui s'en dégageait le troublait. Elle se sentait immensément triste d'être privée de ce corps qui était le sien mais gardait espoir de le retrouver un jour. Soudain, un grondement la tira de sa rêverie.
Ils approchaient de l'entrée d'une grotte et, dans l'ouverture de celle-ci, une imposante

silhouette attendait, debout et parfaitement immobile. Plissant les yeux, Vicky reconnut un grand grizzly, dont l'attitude presque humaine la fit frissonner de la tête aux pieds.

6

– Je suis Tim Jones, fit le tireur en tendant la main, mais tout le monde m'appelle le Spectre.

Janvier, regardant l'homme dans les yeux, n'esquissa pas le moindre mouvement.

– Généralement, quand un Indien se présente avec un nom genre Smith, c'est qu'il se fout de ta gueule, dit-il. Ta mère t'appelle Tim ?

L'homme se renfrogna.

– Euh… non.
– Alors c'est quoi ton nom ?
– Je m'appelle Ockinawe.
– C'est mieux.

Le commissaire lui serra la main.

Les satellites avaient retrouvé la trace du véhicule utilisé par Ishia aux environs de Toronto en direction de la baie géorgienne. Les deux hommes, au volant d'un énorme pick-up gouvernemental, prirent donc la direction d'Ottawa, puis celle de Toronto avant de bifurquer vers le Nord.

À cette époque de l'année, la région des Grands Lacs était particulièrement belle et luxuriante. La neige avait fondu et la nature reprenait pleinement ses droits dans un foisonnement de couleurs chatoyantes. Le soleil, encore timide, se chargeait de les faire briller tandis que les animaux éblouis sortaient d'hibernation en clignant des yeux. Bientôt viendrait la saison des amours et ses parades nuptiales.

Le commissaire Janvier, d'humeur massacrante, n'était évidemment guère sensible à la beauté du paysage et à ses charmes bucoliques.

Son plan d'action, il devait bien le reconnaître, était pour le moins hasardeux. Pourtant, avec le recul, un événement survenu ce jour-là aurait dû lui faire comprendre que la faiblesse de leurs indices n'avait guère d'importance car, en réalité, ils n'étaient pas les chasseurs mais bel et bien le gibier.

Ils arrivaient en vue de Barrie, en bordure du Simcoe Lake, la première ville d'importance au nord de Toronto, et la dernière avant les étendues sauvages parsemées de lacs et de forêts touffues caractéristiques de ces latitudes, quand un genre de mouette s'écrasa sur le pare-brise blindé de leur véhicule. Incident insignifiant en soi, mais qui se révéla être le premier d'une longue série.

Le deuxième, beaucoup plus significatif, eut lieu quelques heures plus tard lorsque Janvier fut chargé par un molosse dans une station-service. Il faisait le plein du véhicule quand un grand dogue surgi de nulle part s'attaqua à lui. Son premier réflexe fut de l'arroser d'essence, une technique qui se révéla parfaitement inefficace, voire drôle, et se retrouva plaqué au sol, luttant pour protéger sa gorge.

La balle que tira Ockinawe transforma immédiatement l'animal en une torche enflammée glapissante qui s'enfuit sans, Dieu merci, mettre le feu à toute la station. L'image du chien s'enfuyant, dévoré par les flammes, marqua l'esprit des deux hommes.

– T'es vraiment un crétin, l'Indien. Ça te serait possible de faire un peu plus attention ?

– Désolé, commissaire…

Janvier tapotait sur son vieil imperméable qui avait pris feu par endroits.

– Mon imper est foutu bordel…

– Vous devriez me remercier pour ça, vraiment, fit l'autre en souriant.

– Ouais… Allons voir si le type de la station nous remercie de ne pas avoir fait tout exploser, fit Janvier en lui coulant un regard noir.

Le type en question raccrochait le téléphone quand ils entrèrent dans le magasin.

– Pas la peine de sortir votre badge, les gars. Les flics m'ont mis au parfum. Ils ont rigolé quand je leur ai dit que vous aspergiez des chiens d'essence avant d'y foutre le feu.

— On fait que s'échauffer là, fit Janvier qui avait toujours des fumerolles s'échappant de ses vêtements. L'aéroport Trudeau, c'est nous aussi.

L'argument porta ; le type paraissait impressionné.

— Puis-je vous suggérer de détruire plutôt la station suivante sur l'autoroute ? Elle est beaucoup mieux que celle-ci, vous savez.

— Petit malin ! Je suis sûr que le pompiste est moins marrant là-bas. Nous devons visionner tes bandes, nous cherchons une camionnette grise et plusieurs autres véhicules.

Habitué à travailler à l'ancienne, Janvier fronça les sourcils quand le Spectre lui expliqua qu'ils n'avaient pas besoin d'examiner les vidéos eux-mêmes. Il était beaucoup plus simple, plus rapide et plus efficace de les transférer via le réseau militaire au centre opérationnel où une IA les regarderait en accéléré.

— Le processus est presque terminé, déclara le tireur au bout de quelques minutes. Ils se sont bien arrêtés ici apparemment. Ah voilà ! Avancez jusqu'à deux heures douze, s'il vous plaît.

Pile au moment indiqué, ils purent effectivement voir la camionnette grise s'engager dans la station. Vicky Van Halen était au volant. Elle sortit faire le plein, visiblement libre de ses mouvements, remonta dans l'habitacle et reprit sa route sans attendre.

Janvier réfléchissait intensément.

7

Ses blessures récentes, à peine cicatrisées, se rappelèrent à son bon souvenir tandis que son combat contre l'ours en Norvège refaisait brutalement surface. Elle avait failli mourir ce jour-là, et seule l'intervention inopinée de Janvier lui avait permis d'avoir la vie sauve.

De repenser à cet épisode tétanisa la jeune femme alors que les deux animaux se superposaient dans son esprit. Très différents physiquement – l'ours scandinave, presque noir, n'avait rien à voir avec le grand grizzly canadien –, ils se confondaient pourtant parfaitement. Dans son attitude, la jeune femme reconnut le même comportement étrange, plus proche de celui d'un être humain que d'un véritable animal et Vicky eut soudain la certitude qu'il s'agissait de la même personne qu'elle avait affrontée dans l'ancienne caserne du shérif Olafsen.

Ishia descendit de l'élan et s'approcha de l'entrée de la grotte sans montrer aucun signe d'appréhension face au gigantesque animal. Vicky, au contraire, n'en menait pas large. Non pas que l'ours en lui-même lui fît spécialement peur, mais le fait qu'il soit habité par un esprit humain était très dérangeant. Cet esprit, de plus en plus perceptible au fur et à mesure qu'elle s'en rapprochait, n'était pas aussi puissant que celui d'Ishia, mais surtout il lui manquait ce côté calme et maternel, enveloppant pourrait-on dire, qui émanait de la sorcière. L'ours dégageait une impression d'instabilité et de cruauté.

Ishia ouvrit les bras et prit doucement l'animal contre elle.

C'est Korongo, comprit Vicky Van Halen. Et au moment où elle prononçait mentalement son nom, l'ours la regarda droit dans les yeux. Elle tenta de s'envoler maladroitement mais une grosse patte s'écrasa sur elle, lui brisant une aile. En un instant, la jeune femme se retrouva dans la gueule de l'ours et sentit les grosses dents broyer son petit corps fragile.

Son esprit, bientôt libéré pour la deuxième fois de la journée, se fit la réflexion que la mort n'était, au bout du compte, qu'une simple question d'habitude. Passé le moment, finalement assez court, où le corps souffrait, c'était comme crever la surface de l'eau pour se retrouver à l'air libre. La sensation qui prédominait était un sentiment de délivrance, de bien-être et de soulagement.

Comme la première fois, elle s'orienta immédiatement dans la direction de son corps véritable. Sa vision éthérée croisa le regard bien réel de Korongo et la jeune femme fut balayée au loin.

Elle revint et connut un instant de panique en constatant que la route vers son propre corps lui était désormais barrée et qu'aucun réceptacle n'était disponible. Elle sentait instinctivement qu'elle ne pouvait rester ainsi, esprit désincarné, très longtemps. Si elle ne trouvait pas très vite une solution, elle allait mourir, et pour de bon cette fois.

Impuissante, Vicky observa le couple démoniaque s'enfoncer dans la grotte et décida de les suivre. Elle n'avait pas vraiment le choix de toute manière.

Des myriades de chauves-souris s'envolèrent tandis qu'ils avançaient dans l'obscurité. Ishia et son fils n'y prêtaient aucune attention et déambulaient paisiblement. Comme ils entraient dans un goulet plus étroit, Vicky se rapprocha et surprit quelques bribes de conversation :

– Oh, je suis tellement heureuse de te revoir mon fils ; tu m'as tant manqué, disait la sorcière. Mais dis-moi : mon corps est-il déjà arrivé ?

L'ours grogna positivement en hochant la tête.

– Ah, j'en suis ravie ! J'ai passé trop de temps dans celui de l'enfant handicapée, j'ai hâte de retrouver le mien, continua-t-elle. Par contre, celui-là devrait te plaire, je pense. Musclé, bonne condition physique, jeune. Il sera parfait pour toi. Prends-en soin, promis ?

Une vague de mécontentement émana de l'animal.

— Ça ne te plaît pas, je sais, mais tu comprends bien que tu ne peux pas rester dans un animal éternellement. Ton esprit finirait par y perdre son humanité.

Après avoir traversé plusieurs salles vides et sombres, ils débouchèrent ensemble dans un vaste espace animé d'une certaine activité. Un fort bourdonnement se faisait entendre, et des braseros, peinant à chasser la pénombre, laissaient entrevoir un grand bassin situé en son centre.

Vicky, libérée des contraintes physiques, survola rapidement l'endroit. Elle réalisa que, dans le bassin central, ce qu'elle avait d'abord pris pour de l'eau était en fait constitué d'animaux vivants. Il se trouvait là une quantité incroyable de serpents à sonnette enchevêtrés les uns sur les autres. Des milliers d'individus, probablement même plus ; des crotales entremêlés qui faisaient glisser leurs têtes triangulaires sur leurs écailles aux motifs en losanges, formant une masse infâme de reptiles vrombissant à l'unisson.

Au centre de cet océan vivant, sur un promontoire rocheux, se trouvait allongé le corps d'une femme à la peau d'ébène couverte de tatouages ésotériques. Vicky étudia un instant ses proportions parfaites, le grain foncé de sa peau et le sillon noir de son sexe qui semblait receler des mystères sacrés. Elle était élancée, avec des hanches bien dessinées, une taille fine et des seins aux larges aréoles. En observant son visage, ses lèvres pleines, son nez fin et ses longs cils recourbés, Vicky Van Halen, dont on avait volé le corps, morte deux fois aujourd'hui et flottant comme un esprit immatériel, se fit la réflexion qu'elle était très belle.

Et d'un coup, la sorcière ouvrit les yeux.

8

Grâce aux caméras, les deux hommes réussirent à déterminer que la camionnette était sortie de l'autoroute entre Port Severn et l'aéroport Parry Sound, quarante-cinq kilomètres plus loin. Restaient quatre échangeurs, où le convoi aurait pu sortir de l'autoroute, et une zone de deux mille cinq cents kilomètres carrés à explorer. Janvier évitait soigneusement de penser à l'ampleur de la tâche et au fait qu'Ishia aurait pu décider de changer leurs véhicules, ou encore de prendre des routes secondaires pour brouiller les pistes.

Ils eurent un coup de chance : Ockinawe suggéra d'étudier les données satellites de l'endroit à l'heure où Ishia était censée être passée ; et bingo, le convoi était clairement visible sur un des clichés transmis par les renseignements militaires. La camionnette se trouvait sur Tower Road, non loin de la Moon River. La zone de recherches restait immense, mais s'était considérablement réduite.

Janvier devait reconnaître que les compétences du Spectre s'étaient révélées plutôt utiles sur ce coup, mais il se garda bien de le lui dire. À la place, il maugréa un vague commentaire sur les conditions météorologiques et se tint coi.

La mauvaise nouvelle fut qu'il n'y avait nulle habitation au bout de Tower Road : la route s'arrêtait au bord de la rivière et la seule chose comportant un tant soit peu d'intérêt dans les environs était une réserve naturelle au relief accidenté, exempte de toute route ou construction humaine, et qui s'étendait sur deux cents kilomètres carrés.

Au bout de la route, le commissaire Janvier et son acolyte sortirent du véhicule pour étudier les environs.

– Regardez ces traces, fit Ockinawe. La camionnette est bien passée par ici. Ça va être plus facile de les suivre ici que sur l'asphalte.

– Parle pour toi, j'ai passé l'âge de crapahuter dans la forêt, moi…

Pourtant, le tireur avait raison : l'empreinte des pneus était clairement visible sur un terrain meuble. Janvier lui tendit un bandeau métallique.

– Tiens, mets donc ça, l'Indien. Avec une plume ou deux, ce sera comme les Peaux-Rouges d'antan.

Ockinawe repoussa brutalement le vieux commissaire.

– Écoutez, Janvier, je peux comprendre que vous soyez à cran. Je peux aussi admettre que ma tête ne vous revienne pas, mais ne manquez pas de respect à mes ancêtres, et surtout pas sur leurs terres, vous avez compris ?

Janvier resta interloqué un instant, oscillant entre la honte et l'indignation, et comprit que le tireur d'élite du gouvernement avait raison. Il se comportait comme un gros con.

– Pardon, Ockinawe, tu as raison, dit-il. J'ai les nerfs à vif, désolé.

Une grosse guêpe jaune se posa sur sa joue. Avant qu'il n'ait pu réagir, l'Indien lui administra une claque monumentale qui lui fit voir trente-six chandelles. Il se tenait le visage quand Ockinawe le poussa en avant :

– Cours ! Dans la voiture ! Vite !

Les deux hommes se réfugièrent dans le véhicule à toute vitesse. Un gros essaim de frelons les attaquait.

À l'abri dans l'habitacle, Ockinawe et le commissaire, complètement éberlués, tuèrent les intrus qui avaient pénétré dans la voiture avec eux avant de fermer toutes les grilles d'aération.

– Tu t'es fait piquer ? demanda le tireur au commissaire.

– Oui, et toi ?

– Aussi, répondit l'Indien.

Il farfouilla dans ses affaires et sortit une trousse de premiers soins. Dedans se trouvait une pompe à venin et il commença à aspirer le sang empoisonné partout où c'était possible.

Ça faisait un mal de chien et Janvier dégustait en serrant les dents. Il réalisa que le Spectre travaillait à la lumière du plafonnier : les insectes étaient agglutinés sur le véhicule, si nombreux qu'ils bloquaient la lumière du soleil. La tête lui tournait, mais il était heureux de s'en être sorti. Un rire nerveux le prit quand le tireur eut terminé, mais resta bloqué dans sa gorge quand un gros choc secoua la voiture. À travers les frelons, Janvier vit qu'un gros buffle les chargeait d'un air mauvais.

Le deuxième assaut de l'animal faillit renverser le pick-up qui retomba lentement sur ses roues.

– Bon sang, si une vitre se brise, nous sommes foutus ! cria-t-il.

Dieu merci, le véhicule est blindé, pensa le commissaire. *Les vitres sont à l'épreuve des balles.*

Mais, contre toute attente, il n'était pas à l'épreuve des buffles car, au troisième choc, le pare-brise arrière sortit tout entier de son logement et laissa rentrer la multitude d'insectes mortels.

9

Tel un mort revenant à la vie, Ishia se redressa et se mit lentement en mouvement. Sur un geste de sa part, la masse de crotales, les massassaugas comme on les appelle ici, s'immobilisa. Leurs sinistres crécelles stoppèrent leur tintamarre et ils levèrent leurs yeux jaunes et fendus vers leur maîtresse.

La sorcière se mit à onduler doucement, passant d'une jambe sur l'autre, au rythme de tambours imaginaires. Ses mouvements étaient languides et la lumière des braseros teintait sa peau de reflets rouges, apportant une touche irréelle au spectacle. Vicky, à l'instar des reptiles du bassin, était hypnotisée.

Ravie d'avoir retrouvé son corps, Ishia dansa un long moment, entraînant les esprits présents dans un tourbillon féerique où les âmes s'ouvrirent et se mélangèrent. À l'unisson, elles jaillirent de leurs corps reptiliens et formèrent une ronde changeante et bigarrée. Des hommes et des femmes, constata Vicky ; certains emprisonnés ici, dans un corps de serpent, depuis des dizaines, voire des centaines d'années. Des vestiges d'humanité subsistaient çà et là : ici un ancien maçon, là la fille d'un pasteur, une tribu entière d'anciens Hurons, des trappeurs, une poignée de bûcherons… Tous prisonniers, tous vénérant la déesse qui les avait spoliés de leurs corps.

Quand la danse prit fin, légèrement étourdis, ils réintégrèrent leurs enveloppes respectives et Vicky Van Halen, de la manière la plus naturelle du monde, prit place au sein du groupe dans un nouveau vaisseau de chair et de sang, non humain certes, mais bien vivant.

Au moment où, pour la première fois, sa crécelle émit un staccato caractéristique, Vicky comprit ce qui lui arrivait et paniqua complètement. Son corps serpentin se tordit en tous sens tandis que sa psyché accusait le choc. La déesse aux mille visages, comme on l'appelait parfois, lui permit de surmonter cette épreuve : elle la rassura d'une caresse mentale et lui offrit de la rejoindre sur le promontoire rocheux, privilège à elle seule réservé. Vicky ne se fit pas prier et se précipita vers la chaleur rassurante et protectrice de la sorcière noire. Après un instant d'hésitation, elle s'enroula autour de la jambe ornée de dessins mystiques et entreprit l'ascension du corps lisse de la déesse, glissant sur ses hanches, frôlant son ventre et se lovant autour de son cou.

De là, un spectacle étonnant s'offrit à elle. La jeune femme nue qui se tenait au bord du bassin, immobile, lui était étrangère tout autant que curieusement familière. Vicky sentait que quelque chose clochait, mais ne comprit pas immédiatement quoi. Un long tressaillement parcourut son corps dépourvu de pattes tandis qu'elle détaillait la femme, la silhouette athlétique, les muscles fins et bien dessinés. C'était son propre corps qu'elle observait, ce corps qu'elle connaissait si bien mais qui pourtant lui semblait différent. Quand les lèvres qu'elle avait toujours connues se mirent à ricaner, Vicky comprit de quoi il s'agissait : c'était Korongo, et il se jouait d'elle.

La jeune femme assista, impuissante, à l'entrée de Korongo dans le bassin rempli de serpents mortels. Ils grimpèrent aussitôt sur elle et s'enroulèrent le long de ses membres, si bien qu'il fut bientôt difficile de distinguer le moindre bout de peau en dehors du visage. Korongo paraissait prendre beaucoup de plaisir à contempler l'effroi et le dégoût de Vicky ; il riait et poussait des cris aigus quand les reptiles s'approchaient de parties sensibles. Mais bientôt ses gémissements devinrent plus langoureux. Il s'allongea et écarta largement les jambes, invitant les massassaugas à pousser plus loin leurs investigations. Vicky vit distinctement certains d'entre eux s'introduire dans les recoins les plus intimes de son anatomie tandis que l'autre jouissait de plus en plus fort.

— Korongo est un vicieux, expliqua Ishia. Il aime prendre du plaisir avec les corps qu'il occupe. Cependant, malgré ses goûts douteux en matière de sexe, je doute qu'il fasse réellement du mal à ton ancienne enveloppe.

Vicky ne se sentit pas rassurée pour autant. Elle regarda, médusée, les crotales sortir leurs têtes triangulaires de ses sphincters après que, arrivé au faîte du plaisir, le fils dément eut poussé un dernier râle particulièrement sonore.

Quelques instants plus tard, il les rejoignait sur le promontoire rocheux, un rictus malsain collé aux lèvres.

— Alors, le spectacle t'a plu ? fit-il à Vicky tout en enlaçant sa mère.

La jeune femme avait une furieuse envie de le mordre au cou, mais la peur d'abîmer son corps la retenait, et l'emprise mentale d'Ishia était trop forte pour qu'elle tente quoi que ce soit.

— La prochaine fois, je te ferai peut-être participer, ça pourrait être amusant.

Vicky frémit à cette idée. Korongo était décidément plus tordu qu'elle ne s'imaginait.

— Mais pour commencer, je dois m'occuper de ton ami le commissaire, continua-t-il.

Au moins, il est vivant, se dit Vicky. *Il reste de l'espoir.*

— Tu penses y arriver cette fois ? intervint Ishia.

Korongo lui jeta un regard noir. Il faillit répliquer que c'était elle qui l'avait laissé s'échapper en Norvège, mais il tint sa langue. Inutile de la mettre en colère. Les dents serrées, il ceignit son front d'un fin bandeau métallique et s'allongea. L'objet était relié par un fil à un petit boîtier électrique. *Ce sont les mêmes que dans l'ancien camp du shérif Olafsen !* réalisa Vicky.

Puis un battement d'ailes se fit entendre et un grand aigle à tête blanche fit son apparition dans la grotte. L'animal se posa tout près d'eux et repartit sans attendre. Ishia le suivit du regard en soupirant, puis enclencha l'interrupteur du boîtier électrique.

– Bon vol, mon fils. Puisses-tu réaliser tes rêves !

10

Tandis que les frelons pénétraient dans l'habitacle du pick-up, Janvier bondit vers la caisse de matériel militaire. Dedans se trouvait un lance-flammes Ronson M12 dernier cri, capable de projeter une langue de feu d'une dizaine de mètres. Il ouvrit la vanne, déverrouilla la sécurité et déclencha l'enfer dans le véhicule.

Aiguillonné par les piqûres, il carbonisa le gros des insectes au fur et à mesure qu'ils passaient par l'ouverture et finit par sortir lui-même en faisant des mouvements circulaires autour de lui. Ce qui restait de l'essaim fondait sur lui tandis qu'il tourbillonnait sur lui-même en beuglant. Finalement, ceux qui ne furent pas brûlés directement eurent les ailes fondues par la chaleur et tombèrent au sol en pluie. Les autres finirent par s'enfuir.

– Je les ai eus, putain, tu as vu ça ? cria-t-il à son acolyte qui vidait un extincteur sur leur voiture.

– J'ai vu, commissaire. Vous avez failli nous tuer, c'était incroyable.

– Peut-être, mais nous sommes vivants, non ? Et le bison ? Il est où ?

Le Spectre désigna une masse inerte située à deux mètres de Janvier. L'impact d'une balle de gros calibre ornait son front.

– Eh ben dis donc… fit Janvier.

Et il s'évanouit.

Le commissaire se réveilla vingt-quatre heures plus tard, les veines encore saturées de venin. Sa tête le lançait comme si elle avait servi de palet dans un match de hockey, et chaque geste lui était douloureusement compliqué. Une certaine agitation régnait autour de lui sans qu'il ne comprenne vraiment de quoi il s'agissait. Quelqu'un l'appelait apparemment et il eut la vague sensation d'être traîné sur le sol. La détonation d'une arme lui fit ouvrir les yeux brutalement, déversant un flot de lumière crue sur son cerveau à vif mais il resombra avant d'avoir pu distinguer quoi que ce soit.

Ses idées étaient un peu plus claires lorsqu'il reprit connaissance pour la deuxième fois. Allongé sur la banquette arrière du pick-up, les yeux ouverts, il tentait de comprendre ce qu'il voyait. Des trous de différents diamètres perçaient le plafond du véhicule, laissant passer des rayons de soleil. En plissant les yeux, Janvier pouvait distinguer le ciel au travers.

– C'est quoi, ces trous ? fit-il.

Ockinawe, assis à l'avant, lui répondit :

– Nous avons essuyé une attaque de hérons, animés d'intentions disons… hostiles. Ils ont percé le toit avec leurs becs pour essayer de nous atteindre.

– Vraiment ?

– Oui. J'ai bien cru qu'ils allaient dépiauter la voiture comme une vulgaire boite de conserve. Une chance que nous n'étions pas à découvert, croyez-moi. Comment vous sentez-vous, commissaire ?

– J'ai connu mieux… Fichues bestioles !

Ils gardèrent le silence un instant. Ockinawe reprit :

– Commissaire, il nous faut un plan. Nous pourrions bien ne pas survivre à la prochaine attaque.

– Retrouver Vicky, c'est ça le plan. Remettons-nous en mouvement.

– À pied ? Vous êtes sérieux ?

– J'ai l'air de plaisanter ? Écoutez, Ockinawe : dans ces caisses il y a assez d'armement pour envahir un petit pays ; alors, si des hérissons nous cherchent des noises, on les ratatine au gros calibre et basta !

L'Indien sonda les yeux du commissaire, puis, après un long silence, se fendit d'un laconique : « Bon, OK. »

Ils s'équipèrent avec soin. Janvier opta pour deux automatiques Sig Sauer modifiés et deux Uzis passés dans des holsters de poitrine. Il ajouta un fusil d'assaut C8, des munitions en quantité et une grappe de grenades à fragmentation. Pour finir, il chargea sur son dos le lance-flammes Ronson dont il avait pris soin de remplir les réservoirs. C'était lourd mais supportable.

Le Spectre revêtit sa tenue d'intervention légère que Janvier avait déjà pu observer à l'aéroport Trudeau. Le commissaire put en voir un peu plus cette fois. C'était manifestement du sur-mesure. Les plaques de protection en carbone placées sur différents endroits du corps cachaient des compartiments remplis d'équipement. On y trouvait des réservoirs de gaz, incapacitant ou fumée opaque, de l'explosif en kit, ainsi que divers lames et projectiles. Il sortit d'une boîte un petit casque d'aspect futuriste dont la visière couvrait toute la partie supérieure de son visage.

– C'est le centre de commande, expliqua-t-il. Avec ça, je peux acquérir des cibles et déclencher des attaques sans même bouger le petit doigt.

Quand il coiffa l'appareil, deux petits engins se déplièrent sur ses épaules.

– Ceux-là projettent des dards micrométriques à trois cent soixante degrés, tout en évitant automatiquement les alliés. Cadence : mille projectiles par minute.

– Des dards micrométriques ? Tu te foutrais pas de moi, des fois ?

– Pas du tout, commissaire. Chaque micro-aiguille pèse moins d'un centigramme. Elles ont la capacité de se charger en électricité statique au contact de l'air traversé et de délivrer des chocs électriques à l'arrivée. Croyez-moi, c'est très efficace.

Un compartiment s'ouvrit dans son dos, libérant un petit drone qui prit son envol en bourdonnant.

– Voici le drone K. Il va cartographier le terrain et nous offrir une vision tactique. Lui aussi peut acquérir des cibles et gère quatre mini-missiles air-sol.

Janvier ne fit pas de commentaire, mais il était impressionné. Il se sentait un peu con avec son matériel vieux jeu, pourtant il ne l'aurait échangé pour rien au monde.

– Nous avons de la visite, déclara le Spectre.

11

Dans la fosse aux serpents, Vicky trouvait le temps terriblement long. Ishia avait mis les voiles sitôt son fils disparu, abandonnant la jeune femme à son sort avec deux consignes laconiques : ne pas essayer de s'enfuir et ne pas s'approcher de son corps véritable.

– Tu mourras sinon, avait-elle ajouté d'un ton qui ne laissait guère de place au doute.

Vicky, quoiqu'un peu perturbée par son nouvel état, ne l'entendait pourtant pas de cette oreille. La tentation était trop forte : son ancienne enveloppe l'attirait de manière telle qu'aucun obstacle ne saurait la faire renoncer. Elle se mit donc en route le plus discrètement possible – la discrétion est une seconde nature chez les serpents –, mais à peine avait-elle esquissé un mouvement vers le promontoire rocheux que la masse de crotales se resserra en agitant leurs sonnettes. Bien... Ishia ne proférait pas de menaces en l'air apparemment.

En désespoir de cause, Vicky reporta son attention sur ses congénères à écailles.

Malheureusement dans son corps de serpent, la jeune femme ne bénéficiait plus de la même perception que sous sa forme éthérée. Elle ne voyait qu'un ensemble d'animaux plus ou moins hostiles, et surtout imperméables à toute forme de communication évoluée.

Vicky décida sur le champ de tout faire pour s'évader de son enveloppe reptilienne ; il fallait qu'elle sorte de là quel qu'en soit le prix.

Durant son enfance, son oncle Tsutomu avait tenté de lui enseigner la véritable nature de l'être. Il disait notamment que le corps physique n'était qu'une émanation de l'âme et qu'il était possible de s'en détacher assez facilement. Pendant tout un hiver, il avait tenté de la faire sortir de son corps, sans succès. De cette période, la jeune Vicky, bien trop ancrée dans le réel, n'avait pas retenu grand-chose. Pourtant, c'était le moment ou jamais de mettre en pratique le peu qu'elle avait appris.

D'après ses maigres souvenirs, Tsutomu lui avait parlé à l'époque de méditation transcendantale, dont la pratique, échelonnée en plusieurs étapes, permettait de s'affranchir des contraintes matérielles. La première de ces étapes, la seule dont elle se souvenait à vrai dire, consistait à se concentrer sur son véritable soi, alors la jeune femme commença par mettre son corps au repos. Puis, tout en contrôlant sa respiration, elle entreprit de se remémorer son enfance, remontant aussi loin que possible dans le temps jusqu'aux prémices de sa mémoire. L'un de ses premiers souvenirs était celui d'un oiseau blessé recueilli par ses parents. Ils l'avaient soigné et, un beau matin, l'animal avait fini par s'envoler à nouveau dans le ciel. Les paroles d'une chanson lui revinrent en mémoire :

> *Blackbird singing in the dead of night*
> *Take these broken wings and learn to fly*
> *All your life*
> *You were only waiting for this moment to arise*

Parcourant le fil du temps, Vicky revécut ces moments avec bonheur, ainsi que de nombreux autres, depuis l'époque bénie de sa petite enfance jusqu'à la mort de ses parents et son départ pour le Japon où elle rencontra pour la première fois l'oncle qui allait lui apprendre tant de choses. Elle se souvenait de cet épisode comme si c'était hier. Assis sous un cerisier, les yeux clos, le vieil homme avait écouté la petite fille s'avancer timidement vers lui sans bouger. Lorsqu'elle fut arrivée à sa hauteur, il avait doucement soulevé ses paupières et plongé son regard si particulier, clair comme de l'eau, dans le sien ; puis d'un geste empli de douceur, il l'avait invitée à s'asseoir à ses côtés. Instantanément, l'enfant venue d'Europe, déracinée et pleurant ses parents, s'était sentie apaisée. Entre eux, le contact avait été immédiat. Elle se souvint d'avoir fondu en larmes, de soulagement plus que de tristesse, et qu'il lui avait pris la main, en souriant doucement. Ils étaient restés ainsi, sans mot dire, un long moment, et cet instant marquait un jalon essentiel dans la vie de la future médecin légiste.

> *Blackbird singing in the dead of night*
> *Take these sunken eyes and learn to see*
> *All your life*
> *You were only waiting for this moment to be free*

S'en était suivie une période d'apprentissage, parsemée de joie et d'efforts, au cours de laquelle Vicky grandit sous l'œil bienveillant de l'oncle Tsutomu. Elle apprit à se battre, mais aussi à cultiver des plantes, à s'en servir pour les soins du corps et le plaisir du goût. Tsutomu lui enseigna à contrôler ses mouvements tout comme ses pensées et ses sentiments.

> *Blackbird fly, blackbird fly*
> *Into the light of the dark black night*

À la fin de l'adolescence, ce fut une jeune femme transformée qui retourna en Europe faire son doctorat de médecine. La petite fille apeurée avait disparu, laissant la place à une personne affirmée, à l'aise dans le monde et en paix avec elle-même.

Quand elle revint à elle, Vicky découvrit un visage qu'elle connaissait bien et qui la regardait d'un air malicieux.

– Alors, fit sa propre voix, on fait un petit somme ? C'est l'heure de s'amuser pourtant !
Korongo, car c'était lui, se saisit d'elle avec délectation.

12

Un groupe de molosses manœuvrait pour prendre les deux hommes en tenaille. Probablement une vingtaine d'individus, l'air féroce, sûrs de leur force, qui prenaient tout juste la peine de se dissimuler. Chacun d'eux faisait le poids d'un homme et des muscles puissants se dessinaient sous leur pelage ras. Janvier se méfiait de leurs mâchoires capables de briser les os comme des fétus de paille et dont la sinistre réputation avait découragé plus d'un cambrioleur.

Quand le Spectre aligna l'un d'eux avec son fusil de précision, il lui fit signe de ne surtout pas ouvrir le feu. Déclencher l'assaut risquait fort de leur être défavorable tandis qu'au contraire, gagner de précieuses secondes maintenant pouvait leur permettre de choisir un terrain plus favorable et, de là, de changer l'issue du combat.

Janvier observa les alentours. Ils se tenaient à l'orée du bois, entourés d'arbres épars. Le commissaire frémit. Grimper aux arbres ne lui disait rien qui vaille ; sa mésaventure norvégienne était encore trop fraîche. Il s'agissait pourtant de l'option la plus évidente, mais quelque chose d'indéfinissable retenait le commissaire. Son instinct lui disait de fuir ces arbres plutôt que de s'y réfugier. Il se mit à regarder autour de lui frénétiquement en quête d'une solution de rechange, alors qu'Ockinawe levait un sourcil, étonné.

Une forme étrange, perchée sur la cime d'un grand chêne, l'interpella soudain. Il prit ses jumelles et l'observa plus en détail. Un aigle à tête blanche, juché sur la plus haute branche, les observait sans bouger. Un mouvement dans l'arbre attira l'attention du commissaire. D'abord, il crut à un effet d'optique, puis ajustant la netteté de ses jumelles, il comprit. Le tronc, les branches étaient couverts d'insectes de tailles diverses, semblait-il, issus de plusieurs espèces, mais principalement des araignées pour ce qu'il en voyait. Janvier rentra la tête dans les épaules en frémissant, puis observa l'arbre d'à côté. Lui aussi grouillait de monde : toute une armée d'invitées à huit pattes attendaient qu'on mette le couvert, cachées dans les branchages. Frénétiquement, le commissaire passa en revue tous les arbres qu'il voyait. Tous étaient envahis ; c'était un piège.

– Mais bon sang, vous faites quoi, Janvier ?
– Chhhht… Ockinawe, où se trouve le cours d'eau le plus proche ?
– La Moon River ? À un kilomètre au sud, je dirais.

– Ouvre-nous la route. Tout de suite.
– Quoi ? Mais…
– Vite !

Sa formation militaire reprenant le dessus, le Spectre partit en direction de la rivière sans poser plus de questions. Les canidés qui les encerclaient ne réagirent pas immédiatement, mais quand les deux hommes furent à moins de trois mètres de l'un d'entre eux, celui-ci se campa sur ses pattes et commença à gronder férocement. Ockinawe l'abattit d'une balle dans le front, puis, d'un geste élégant, il régla leur compte aux deux chiens les plus proches de lui. Ce fut le signal. Les molosses bondirent dans un bel ensemble, tandis que les deux hommes prenaient leurs jambes à leur cou. Ils n'avaient pas fait dix pas qu'Ockinawe s'adossa contre un arbre pour en tuer deux de plus.

– Éloigne-toi de l'arbre ! lui cria Janvier.

Trop tard ! L'Indien regarda, horrifié, des dizaines d'araignées lui dégringoler dessus. Il sauta hors de portée et se roula par terre pour écraser celles qui couraient sur sa tenue. Janvier lâcha une salve de fusil-mitrailleur sur leurs poursuivants et l'aida à tuer les dernières.

Ils repartirent en courant, ne s'arrêtant que pour tirer sur les molosses quand ils se rapprochaient trop près. Ceux qui restaient se tenaient maintenant à bonne distance, mais les deux hommes virent avec horreur une véritable marée d'araignées qui accouraient dans leur direction, submergeant la végétation et recouvrant le paysage environnant.

La peur au ventre, ils coururent follement, se rendant bien compte qu'ils étaient encerclés.

Quand Janvier vit que le chemin de la rivière était barré, il arma son lance-flammes et tira de longs jets enflammés devant eux. Bientôt ils coururent dans les flammes en piétinant les petits cadavres recroquevillés. Leur progression fut singulièrement ralentie et jamais un kilomètre ne leur parut aussi long. La panique menaçait de les submerger ; ils commençaient à douter d'avoir pris la bonne direction. Ils furent bientôt cernés de toute part, si bien que Janvier arrosait le sol tout autour d'eux tout en continuant à dégager la voie vers la supposée rivière. Leurs semelles fondaient sur le napalm en fusion mais ils s'accrochaient coûte que coûte à ce qui était leur dernier espoir.

– Mais bordel, elle est où cette foutue rivière ? vociférait Janvier en pestant.

Quand finalement, après avoir escaladé un léger escarpement, la Moon River fut en vue, les deux hommes abandonnèrent toute prudence. Ils piétinèrent la masse grouillante qui tentait de s'agripper à leurs vêtements, faillirent glisser cent fois dans la boue qui bordait l'étendue d'eau et finirent par plonger dans l'eau glacée dont la fraîcheur mordante leur parut aussi délicieuse que par une douce matinée d'été.

Triple M appuya son doigt sur la carte.

– Voilà l'endroit où le drone K a repéré la camionnette grise, dit-elle à Dawson.

– Devons-nous prévenir le Spectre ?

– Non. Laissez-les pour l'instant. Chargez l'engin sur un hélicoptère Chinook et larguez-le à proximité. En toute discrétion.

– Vous êtes sûre, madame ?

Depuis son fauteuil, la responsable des opérations riva ses yeux bleu acier dans ceux de son assistant. Elle n'avait pas l'habitude qu'on discute ses ordres.

– Tout à fait sûre. Et préparez-vous. Nous sommes du voyage.

13

Korongo revenait une fois par jour, suivant un rituel qui ne variait pas beaucoup : l'aigle arrivait dans la grotte en planant et se posait au centre de la caverne sur le promontoire rocheux, tout à côté du corps immobile de Vicky Van Halen. Il appuyait ensuite avec son bec sur l'interrupteur du boîtier qui alimentait le bandeau métallique et restait là, sans bouger, jusqu'au moment de repartir. À peine avait-il appuyé sur le commutateur que la jeune femme, investie de l'esprit de Korongo, prenait vie, marquant ainsi le début du calvaire quotidien de Vicky.

Le fils d'Ishia semblait venir spécialement pour torturer la jeune femme, par ailleurs déjà fort affligée d'être prisonnière d'un corps de reptile. Être enfermée dans une enveloppe sans bras ni jambes était une punition en soi, et Korongo en rajoutait par des actes toujours plus cruels : il l'énucléait ou, d'un coup de dent rageur, en lui arrachait la langue, voire la tête tout entière.

Si les mutilations ponctuaient régulièrement ses jeux, son principal amusement consistait à la mettre à mort de toutes les manières possibles : dévorée par ses congénères, noyée, piétinée ou éclatée contre la paroi de la caverne, son imagination et sa cruauté paraissaient ne pas avoir de limites. Elle ne comptait plus les fois où elle s'était réveillée dans le corps d'un nouveau crotale, l'ancien ayant succombé.

Mais les supplices physiques n'étaient pas la seule corde que le fils maudit d'Ishia avait à son arc. La torture psychologique faisait aussi partie de sa panoplie. Il disposait pour cela d'un levier de taille : le corps de Vicky. Il savait que la jeune femme y tenait, c'était le cas de le dire, comme à la prunelle de ses yeux. Alors il l'avilissait autant qu'il pouvait, à tel point que ça en devenait effrayant. Passaient encore les épisodes de débauche sexuelle, les viols multiples dans le bassin aux serpents, barbouillés de sang ou d'excréments, ou les moments, peu ragoûtants, où il faisait intervenir des insectes – comme cette fois où, le corps recouvert de scarabées, il s'était mis à les dévorer frénétiquement –, mais Vicky, voyant qu'il allait de plus en plus loin, craignait qu'il ne commence à mutiler son propre corps, et surtout que, dans sa folie, il ne finisse par le tuer.

Parfois, il paraissait pris d'une frénésie sauvage et faisait un carnage dans la population de serpents, ou se cognait contre les parois de la caverne si violemment que sa peau éclatait par plaques. Vicky en pleurait.

    Pourtant, malgré ou peut-être grâce à la douleur occasionnée, Vicky progressait dans son apprentissage de la méditation astrale. La voix de McCartney résonnait toujours comme un mantra et petit à petit, ses exercices prenaient la forme d'un voyage hors de son corps. Chaque mise à mort rendait l'opération plus facile et, durant cette période, elle connut quelques succès intéressants. Ces épisodes avaient pris une forme onirique particulière : assimilant son corps à une maison, elle en explorait, jour après jour, les différentes parties et avait fini par repérer l'endroit d'où provenait la voix du chanteur.

    Au détour d'une pièce obscure, un escalier dérobé permettait d'atteindre les combles. Dans une sorte de voyage de Randolph Carter inversé, elle arriva, jour après jour, à se réfugier dans ce lieu à volonté. Et l'endroit recelait de nombreuses découvertes intéressantes, dont la plus importante était son occupant : dans une des pièces vivait un mau égyptien, ces chats étranges tout en triangles, et dont le regard doré vous sondait jusqu'au tréfonds de l'âme. Il restait le plus souvent assis, aussi immobile qu'une statue antique et les efforts de Vicky pour l'amadouer ou tenter de communiquer avec lui restèrent lettre morte. Elle passa de longs moments à l'observer mais sans jamais parvenir à rien obtenir de l'animal. Les yeux clos, il restait obstinément assis, figé dans sa posture.

Il rêve, se dit-elle, alors qu'une pensée s'imposait soudain dans son esprit :

Le rêve dans le rêve

Ça la refit penser à Randolph Carter, et Vicky comprit qu'elle n'était pas allée assez loin. Le mau lui indiquait la voie : elle devait trouver le chemin du rêve à l'intérieur du rêve.

14

Les deux hommes, épuisés mais heureux d'être en vie, se laissèrent charrier par la rivière glacée, fournissant juste assez d'efforts pour rester à la surface de l'eau. Finalement, comme le courant se faisait de plus en plus fort, ils tentèrent en vain de regagner la rive et furent emportés en aval. Ils dégringolèrent une cascade dans le plus grand désordre, puis, immédiatement après, une deuxième avant de refaire surface en suffoquant dans une étendue d'eau plus calme. Ils s'échouèrent sur la plage boueuse d'une langue de terre située entre deux bras de la rivière. Ils étaient sales, transis de froid et de faim dans la nuit tombante, et remercièrent le ciel d'avoir permis à quantité de bois flotté de s'accumuler sur l'île. Bientôt un feu bien fourni réchauffait leurs os tandis qu'ils ôtaient leurs vêtements pour les faire sécher. Sous le regard étonné du commissaire Janvier, le Spectre balança son casque dans la rivière.

– Le système n'était pas étanche, expliqua-t-il. Il est foutu.

Passé un moment de stupéfaction, Janvier, en slip devant les flammes, fut saisi d'un fou rire incontrôlable et quelques instants plus tard, les deux hommes riaient en se tenant les côtes.

Les boîtiers d'alimentation de leurs bandeaux protecteurs étaient fort heureusement résistants à l'eau. Ils constituaient leur unique défense contre les pouvoirs psychiques d'Ishia et il était essentiel qu'ils continuent à fonctionner. Si jamais la sorcière ou son fils parvenait à contrôler l'un d'eux, il leur suffirait de dégoupiller une grenade pour les envoyer *ad patres*.

– Des hérissons, hein ? fit le Spectre, sarcastique. Vous disiez comment ? On les ratatine, c'est ça ?

– Fais pas le malin avec tes trucs high-tech bidon, répondit Janvier du tac au tac. Des dards électrostatiques… pffff… n'importe quoi.

Assis autour du feu, les deux compères devisaient gentiment en nettoyant leurs armes.

– En attendant, le drone K m'a envoyé des infos intéressantes. En aval d'ici se trouve un endroit nommé Woods Bay. Le drone y a repéré un ponton et des baraquements. Nous pourrions commencer par là.

Janvier acquiesça. Ça valait bien un autre endroit après tout.

Le lendemain, après une nuit passée à dormir à tour de rôle, les deux hommes assemblèrent un radeau de fortune avec deux troncs d'arbre et entreprirent de descendre la rivière. Le courant était fort mais l'embarcation se révéla suffisamment stable pour qu'ils puissent tenir dessus. Ils débouchèrent effectivement dans une large baie dont les eaux, d'un bleu minéral, peinaient à refléter les nuages qui obscurcissaient l'horizon. Elle était dotée, comme l'avait indiqué le Spectre, d'un dock antédiluvien et d'un hangar à bateaux qui semblait appartenir à un autre âge.

Les deux hommes s'en rapprochaient péniblement lorsque Janvier nota la présence d'un aigle qui tournait dans le ciel. Il frissonna. C'était le même qu'il avait vu juste avant l'attaque de la veille. Sortant son automatique, il fit signe à son coéquipier de se tenir sur ses gardes.

Nulle menace n'était alors visible et seuls le clapotis de l'eau et le bruit du vent se faisaient entendre. Un sifflement trahit le premier des assaillants, aussitôt suivi d'une détonation : le Spectre venait de faire exploser la tête du serpent à peine sorti des flots. Mais d'autres surgirent aussitôt de l'eau, si nombreux que les deux hommes eurent fort à faire pour éviter une morsure. Janvier vida un chargeur et troqua son Sig Sauer contre un Uzi. Il n'avait pas le talent de l'Indien qui faisait mouche à chaque coup alors il compensait par le nombre de balles. Ils se protégeaient l'un l'autre, dos à dos, éliminant les serpents qui les assaillaient de toute part. Janvier finit par se faire mordre à la cheville et, de rage, rangea son pistolet-mitrailleur et sortit le lance-flammes pour arroser les abords du radeau de feu liquide.

Bon sang, j'adore ce truc, se dit-il.

Il faut reconnaître que son action fut efficace : la plupart des crotales furent carbonisés d'un coup et ceux qui avaient évité les flammes s'enfuirent au loin. Ce qui avait cependant échappé au commissaire, c'est que le feu gagnerait leur radeau aussi vite. Malgré leurs efforts pour éteindre les flammes, les deux hommes furent rapidement contraints de sauter à l'eau et de s'enfuir à la nage eux aussi. Ils se hissèrent sur le ponton en catastrophe, plutôt satisfaits de ne pas avoir été attaqués pendant qu'ils nageaient.

Janvier eut à nouveau droit à la pompe à venin. La morsure avait une couleur de mauvais augure.

– Ça va ? lui demanda Ockinawe.

– Je devrais survivre… répondit l'intéressé en faisant la grimace.

– Je préférerais que vous le fassiez sans avoir besoin de vous amputer d'une jambe, Janvier. C'est du sérieux, ce genre de morsure. Tenez, avalez ça.

Le commissaire avala la pilule qu'on lui tendait sans discuter.

– C'est quoi ?

– Cocktail spécial. Ça va vous aider, croyez-moi.

Un peu plus tard, observant la colonne de fumée qui s'échappait de leur radeau en feu, Janvier fit remarquer :

– Bon, en tout cas, question discrétion, on repassera.

15

Vicky prit place face au chat hiératique et, se concentrant sur la voix de Paul McCartney, entreprit de vider son esprit de toute pensée parasite. Après un long moment passé à chercher cet état si particulier où les contingences de l'être et du monde s'effacent, elle flottait dans une mer de cobalt liquide lorsqu'une forme émergea. Cette apparition n'avait pas de contours précis, mais elle racontait cependant une histoire. Celle de Naima. Naima Sacagawea, dont le nom signifiait « petit oiseau mystique », était la première-née du chef d'une tribu huronne établie à l'est de la baie géorgienne. C'était un petit clan paisible, vivant principalement de pêche, et se tenant à l'écart des conflits territoriaux qui agitaient régulièrement la région des Grands Lacs. Pourtant, ces derniers temps, la tribu voisine des Massassaugas leur cherchait querelle. La rumeur en attribuait la cause à la nouvelle compagne du chef, une sorcière venue de l'autre côté du monde, malfaisante et noire comme la nuit. Un jour, après des mois d'échauffourées, un émissaire massassauga était venu au village proposer une offre : le fils de son chef étant en âge de se marier, une union avec Naima scellerait la paix entre les deux peuples. Le père de Naima accepta.

Quand vint le jour des noces, la tribu entière se rendit au village massassauga en grande pompe, portant la promise sur un palanquin de bois décoré. Cette dernière faisait grise mine : la perspective du mariage ne lui plaisait guère et le projet d'alliance entre les deux tribus ne lui disait rien qui vaille. La suite allait lui donner raison.

En arrivant, la troupe fut accueillie par le chef du village, comme le voulait la tradition, et par un bataillon de guerriers en armes, ce que ladite tradition exigeait nettement moins. Naima fut glacée par leur allure effrayante : les flamboyants ornements de plumes avaient été troqués par des breloques en écaille d'aspect sinistre. Ils étaient sales et faisaient *Ssssssssshh* à tout bout de champ, sans que cela ait le moindre sens. La jeune fille tremblante fut séparée du reste du groupe et conduite dans une imposante case située au centre du village.

À l'intérieur, une odeur atroce envahit ses narines. Elle tenta de faire demi-tour mais une voix résonna dans sa tête, la rassurant, lui disant de ne pas avoir peur et que tout allait bien. Un cocon de douceur l'enveloppa mystérieusement et son attention fut attirée par l'escalier qui montait à l'étage. La jeune fille se fraya un chemin dans le désordre ambiant, enjambant des jarres renversées, et entreprit de gravir les marches qui menaient à l'étage.

Là-haut, un terrible spectacle l'attendait. La sorcière noire se trouvait là, ses yeux rivés aux siens, lui faisant signe d'avancer. Mais la jeune fille, tétanisée par la peur, était incapable de faire le moindre geste. La peau noire comme l'ébène et les figures qui l'ornait étaient totalement nouvelles pour elle qui n'avait encore jamais vu personne originaire d'Afrique. La sorcière nue était vautrée avec le fils du village, son promis, sur ce qu'elle prit d'abord pour des coussins mais qui se révéla être le corps annelé d'un gigantesque serpent, dont le diamètre dépassait celui d'un homme et dont la tête avait la taille d'une chèvre adulte. Comme il la fixait lui aussi de ses effrayantes prunelles fendues, Naima sentit l'influence de la sorcière diminuer et plongea son regard dans celui du reptile géant. Instantanément, la sensation chaude qui l'entourait disparut au profit d'une cruauté froide. La jeune fille prit conscience de détails qui ne lui étaient pas apparus au premier abord.

Quelque chose n'allait pas avec le jeune promis, certainement en lien avec le trou béant qui remplaçait une partie de sa poitrine. Il était mort, sans le moindre doute. Par ailleurs, au sol, se trouvaient éparpillés des morceaux de cadavres – visiblement des enfants vu leur taille – répartis en pyramides : les têtes formaient une pile, les membres supérieurs une autre, et ainsi de suite.

Le sortilège fut rompu par l'horreur, et Naima prit ses jambes à son cou et dévala l'escalier aussi vite que faire se pouvait. Ouvrant la porte qui donnait sur l'extérieur, elle découvrit son père qui l'attendait.
– Papa !!!
– Sssssssssssssssshh !

Dans la caverne, le retour d'Ishia marqua un changement dans la terrible routine du monstre. Vêtue d'une longue cape dont la capuche dissimulait ses traits, la sorcière aux mille visages avait pris place à côté d'un brasero dont la lumière dansante dessinait de vagues formes sur le sol. Elle attendit patiemment que l'aigle de Korongo veuille bien arriver et ne réagit que lorsqu'il prit place devant elle, dans le corps nu de Vicky Van Halen. Celle-ci, échaudée par les expériences récentes, se tenait à bonne distance et les observait à la dérobée.
– Tu es vraiment sûr de vouloir faire ça ? lança-t-elle.

Alors que son fils acquiesçait sans mot dire, elle se redressa d'un mouvement gracieux et fit glisser sa cape au sol, dévoilant son corps recouvert d'images troublantes.

Puis, lentement, la sorcière retira une lame chauffée à blanc des flammes d'un brasero et, sans autres formalités, entreprit de tracer, d'un ample mouvement tournant, une longue ligne fumante sur le corps de la jeune femme. Le trait partait de la cheville, s'enroulait autour de la jambe et continuait le long des hanches, sur le ventre et entre les seins jusqu'à la carotide. Tandis que Korongo ne montrait aucun signe de douleur, Vicky poussa un cri silencieux et s'évanouit.

16

Le hangar ne recelait rien d'intéressant. C'était un amas de planches vermoulues qui finirait probablement par s'effondrer avant longtemps. Aucun indice ni aucune trace du passage de Vicky ne furent découverts. Les deux hommes, guère rassurés, décidèrent d'emprunter une piste qui s'enfonçait dans la forêt et remontait vers le nord. Le convoi d'Ishia se déplaçant vers l'ouest, ils devraient, en théorie, recroiser son chemin à un moment ou à un autre.

Le pied de Janvier avait enflé à tel point qu'il avait fallu entailler sa chaussure sur toute la longueur pour le faire rentrer. Heureusement, grâce à la pilule miracle d'Ockinawe, il ne ressentait aucune douleur et gambadait comme au jour de son premier rendez-vous.

Après quelques kilomètres, ils dépassèrent un vieux container rouillé et débouchèrent sur une zone plus dégagée. Le terrain, légèrement encaissé, formait une cuvette au centre de laquelle se trouvaient une camionnette grise et quatre autres voitures. Les deux hommes se mirent à couvert et sortirent les jumelles.

Aucun signe d'activité n'était visible. Proche de la camionnette se trouvait un fauteuil roulant avec un cadavre à moitié dévoré par les animaux. Le commissaire se souvint de la jeune handicapée poussée par Vicky Van Halen dans le hall de l'aéroport Trudeau.

– Les salauds, grinça-t-il.

Le Spectre lui tapota sur le bras en désignant le versant opposé : un reflet lumineux apparaissait par intermittence.

– Nous ne sommes pas seuls, chuchota-t-il.

À peine avait-il fini sa phrase que des tirs d'armes automatiques les prenaient pour cible, soulevant des petits geysers de terre autour d'eux.

– À couvert ! gueula Janvier en épaulant son fusil d'assaut.

Il lâcha une rafale au jugé et se carapata en direction du container pour se mettre à l'abri. Les tirs venaient de partout ; ils étaient pris dans une embuscade. Alors que les deux hommes se réfugiaient à l'intérieur pour se protéger, leurs assaillants, en grande partie composés des passagers du vol en provenance d'Oslo, cessèrent le feu.

– Nous ne pouvons pas rester ici, dit le Spectre. C'est une souricière. Une grenade et nous sommes morts.

Bien sûr, il avait raison, mais sortir équivalait à la mort assurée.

– T'as une idée pour qu'on ne finisse pas transformés en passoire ?

– Peut-être bien. Suis-moi !

D'un compartiment de sa combinaison, le Spectre sortit un petit objet plat qu'il balança dehors. Il y eut une explosion et, aussitôt après, un nuage de fumée opaque aux dimensions impressionnantes dissimulait le container et ses environs à la vue des attaquants.

L'Indien prit le commissaire par l'épaule et ils partirent en courant, le plus silencieusement possible. Après avoir parcouru une cinquantaine de mètres, ils sortirent du nuage et se dissimulèrent derrière un arbre. Personne ne les avait vus. Janvier fit signe à Ockinawe : un homme armé se tenait non loin, lui aussi caché derrière un tronc. Il leur tournait le dos. Le Spectre s'approcha de lui en silence et lui ouvrit la gorge rapidement en plaquant sa main libre sur sa bouche pour étouffer les cris. *Un vrai pro*, se dit Janvier.

Après ça, les deux hommes s'éloignèrent encore un peu et entreprirent de contourner leurs assaillants pour les prendre à revers. Ils eurent ainsi une vue bien plus dégagée sur la situation. Les passagers de l'avion étaient éparpillés au sud de la cuvette et observaient le nuage de fumée en train de se dissiper. Ockinawe et le commissaire Janvier se tenaient derrière eux.

Ils continuèrent leur stratégie d'élimination furtive des combattants isolés jusqu'au moment où une branche morte trahit la présence de Janvier. Leur cible se retourna en criant, ce qui leur valut à eux d'être repérés et à lui une balle dans la tête. Janvier lança une grenade vers le groupe d'assaillants, désormais beaucoup plus compact, et en élimina deux de plus. Il en restait trois, et ceux-là, n'ayant jamais appris à tirer, ne firent pas le poids face à Ockinawe. Le premier, caché derrière un tronc, avait sa jambe qui dépassait. Le Spectre lui fit voler sa rotule en éclats avant de l'achever, mécontent d'avoir gâché deux balles. Le deuxième fut cueilli en pleine course alors qu'il tentait de se rapprocher, et le troisième, prit une balle dans la nuque en s'enfuyant. Le silence retomba sur la forêt.

– Ces pantins ne sont que l'avant-garde, observa le commissaire. Où sont passés les membres du Groupe d'Intervention qui les accompagnaient à l'aéroport ?

– Probablement en embuscade un peu plus loin, répondit le Spectre.

Ils décidèrent de contourner la cuvette à bonne distance jusqu'à rejoindre la piste bien au-delà et de revenir en arrière.

Ils mirent un certain temps mais finirent par les débusquer sur le versant d'un coteau qui dominait la cuvette. Ils étaient huit, revêtu des armures lourdes du GTI. Silencieux et à l'affût, ils formaient une équipe redoutable. Leur blindage, s'il présentait quelques défauts à l'arrière, les rendait quasiment invulnérables aux armes conventionnelles de face. À l'aéroport, ils avaient perpétrés un véritable carnage.

Le Spectre fit signe au commissaire de rester sur place et s'éloigna sans un bruit. À son retour, après quelques consignes, il précisa :

– Vous loupez pas, commissaire.

17

Avec le temps, Vicky Van Halen peaufina sa technique de voyage astral dans des proportions qu'elle n'aurait jamais crues possibles auparavant. Le traitement que lui infligeait Korongo y était certainement pour quelque chose. La torture avait vite appris à la jeune femme comment prendre de la distance avec son enveloppe physique. Elle en était arrivée à la considérer comme un support provisoire pour son être véritable et immatériel.

Les morts violentes successives qu'elle subissait renforçaient encore ce sentiment et lui donnèrent l'expérience dont elle avait besoin pour ses activités d'extracorporalité. Peu à peu, elle devint un genre d'experte en la matière : le monde des esprits s'ouvrait à elle de manière plus naturelle et elle fut bientôt capable d'atteindre la pièce où se trouvait le chat mau d'un simple effort de concentration. De là, ce dernier lui donnait accès au palier supérieur sans plus de formalités.

Elle avait comprit que Naima et le mau ne faisaient qu'une seule et même personne – chat d'un côté, humain de l'autre – et qu'elle faisait office de passeur. Son âme, coincée entre deux dimensions, servait de pont.

Naima lui conta plusieurs fois sa tragique rencontre avec la sorcière noire qui avait détruit son peuple en volant leurs corps ; et plus l'histoire se précisait, plus Vicky était persuadée qu'il s'agissait d'Ishia. Le fait que l'anecdote remonte à plusieurs siècles en arrière n'était qu'une bizarrerie parmi d'autres.

La mémoire de Naima était fort parcellaire mais un jour, alors que Vicky la pressait dans ce sens, la jeune Indienne lui raconta une scène bucolique avec son grand-père au bord du lac. L'histoire, guère passionnante il faut l'avouer, était pleine de tendresse et Naima fut très certainement heureuse de se la remémorer.

Vicky fit également connaissance avec d'autres âmes prisonnières. Celles de quelques guerriers hurons contemporains de Naima, mais aussi des habitants de la forêt canadienne d'une époque plus récente.

Sa « vision » s'était également améliorée. Là où elle ne distinguait au début que des formes floues, Vicky voyait désormais beaucoup plus clair. Les âmes, ou de manière plus générale, l'esprit de la vie – car les plantes étaient aussi concernées – faisaient ici office de matière visible et l'humeur, ou les sentiments, leur en offraient la couleur. Vicky découvrit ensuite deux choses essentielles : d'une part, elle pouvait se déplacer très facilement, et sans risque de se perdre. Un lien la reliait à son corps reptilien et il lui suffisait de le longer pour le retrouver. D'autre part, dans ce monde, elle était également capable de manipuler le vivant. Elle pouvait le toucher, le déplacer et interagir avec lui à volonté.

La matière en revanche lui était inaccessible, voire complètement invisible au début. Ce n'est que petit à petit qu'elle comprit que les lignes grisâtres en surimpression représentaient le monde physique tel qu'elle le connaissait. Ici la paroi de la caverne, là le bassin et ses serpents vivants. En se concentrant, elle commençait à distinguer les détails matériels et fit rapidement des progrès.

Elle voyait son corps reptilien, immobile et légèrement plus lumineux que les autres, mais celui qui l'intéressait vraiment se tenait allongé sur le promontoire rocheux. De voir son corps de femme avec sa vision astrale l'émut profondément. Elle pouvait en apprécier la jeunesse et la vitalité d'une manière totalement inédite. Un éclairage nouveau fut aussi apporté sur les récentes scarifications dont l'avait gratifiée Korongo : le dessin était formé de quatre massassaugas qui, partant de l'extrémité de ses membres, s'enroulaient autour de son corps pour finir la gueule ouverte au niveau de son cou. Vicky comprit que le tracé ne devait rien au hasard. Les quatre serpents couraient sur des lignes d'énergies précises et créaient un genre de vortex qui se déversait à la base de son cerveau.

L'ensemble du corps était entouré d'un halo luminescent qui prenait naissance dans le bandeau métallique et constituait manifestement une barrière. Dès que Vicky s'en approchait, la lueur gagnait en intensité et la repoussait à la manière d'un aimant inversé. La jeune femme fit plusieurs tentatives, en vain. Elle devait trouver le moyen de couper l'alimentation électrique de l'appareil.

Vicky voyait bien une solution mais elle allait avoir besoin d'aide, aussi alla-t-elle rejoindre Naima dans le monde des esprits et lui exposa son plan. Malgré la terreur qu'Ishia lui inspirait, l'Indienne accepta.

Un soir, juste après la visite de Korongo, la fille du chef huron escalada le promontoire rocheux, sous l'œil attentif de Vicky, et, appuyant de la tête sur le commutateur, désactiva le bandeau. Aussitôt la barrière disparue, Vicky Van Halen réintégra, avec un inexprimable bonheur, l'enveloppe qui l'avait vue naître. Des larmes de joie inondèrent ses joues tandis qu'elle palpait son visage, incapable de croire qu'elle avait finalement réussi.

Pourtant, une épreuve inattendue lui faisait face, sous la forme d'une masse grouillante de crotales hostiles rassemblés devant elle. Ils l'entouraient de toutes parts, rendant toute fuite impossible, et toute attaque inutile, même avec l'aide de Naima et de ses guerriers hurons.

Vicky réfléchit intensément et finit par imaginer une porte de sortie possible. L'idée était farfelue, sans doute irréalisable, mais le jeu en valait la chandelle. La jeune femme se concentra : elle devait parler à Naima sur-le-champ.

18

Très précisément quatre minutes après avoir vu Ockinawe s'enfoncer dans la forêt, Janvier lançait une grenade au milieu du groupe d'assaut. Au même instant, mais d'un autre endroit, le Spectre, armé de son fusil de précision, avait choisi sa cible et lui tirait une balle dans la nuque. Le groupe du GTI venait de passer de huit à cinq membres. Ceux qui survécurent firent pleuvoir un véritable déluge de balles sur la forêt, en vain. Le tireur d'élite continuait à les allumer, mais, à moins d'un coup de chance, ne pouvait leur faire grand mal maintenant qu'ils étaient tournés vers lui.

Passant d'arbres en arbres, les cinq survivants se rapprochaient du Spectre, alors que Janvier, parfaitement silencieux et immobile, se retrouvait peu à peu en position de les prendre à revers. La tactique d'Ockinawe prit tout son sens : il les attirait pour que le commissaire puisse les canarder par-derrière.

Soudain, un tronc d'arbre explosa, éparpillant un des ennemis dans le paysage. Le Spectre sourit, ses mines étaient redoutables. Les quatre survivants avançaient désormais plus doucement, mais ça n'empêcha pas un deuxième homme de mourir de la même façon un peu plus loin. Plus que trois.

C'était le moment. Le Spectre avait dit : « À la deuxième explosion », et il avait ajouté « Vise soigneusement ». Janvier épaula donc son arme et ajusta son tir du mieux qu'il put. La balle s'écrasa en plein sur la plaque dorsale d'un des membres du GTI, lequel se retourna, furieux. *Zut*, se dit Janvier avant de passer son arme en automatique et de les mitrailler sans retenue. Les trois hommes en armure commirent alors une erreur d'appréciation. Pris entre deux feux, ils choisirent celui qui faisait le plus de bruit. Malheureusement pour eux, ce n'était de loin pas le plus dangereux. Tourner le dos au Spectre allait se révéler une très mauvaise idée.

Le premier à s'être retourné s'effondra en hurlant, une balle dans la hanche. Les deux autres moururent sans même s'en rendre compte, une munition de douze millimètres dans la boîte crânienne.

Janvier soupira de soulagement. Ils s'en sortaient bien. Le malheur voulut qu'ils crient victoire un peu trop vite : un des soldats n'était alors que blessé. Profitant de l'inattention des deux hommes, il tira une longue rafale d'arme automatique dans leur direction. Si le commissaire fut miraculeusement épargné, deux projectiles frappèrent Ockinawe à la cuisse, lui brisant l'os et

lui causant une profonde blessure. Janvier lança une grenade vers le fautif qui rechignait à mourir et, quand il fut certain que celui-ci avait rejoint ses ancêtres pour de bon cette fois, courut vers son ami et inspecta les dégâts.
– La première balle est ressortie, expliqua-t-il. La deuxième s'est écrasée sur le fémur, l'a brisé et est restée coincée entre les deux morceaux.
Il regarda son ami et continua :
– Plutôt rare. Ça doit faire un mal de chien, non ?

Péniblement, Janvier transporta son coéquipier jusque dans le vieux container rouillé et sortit la trousse de premiers soins. Il lava la plaie, puis, muni d'une minuscule pince à épiler, entreprit d'extraire la balle. Le Spectre avait eu droit à sa dose de drogue militaire en conséquence de quoi la douleur ressentie était quasi inexistante. Pourtant il serrait les dents et soupira de soulagement quand le commissaire sortit enfin le morceau de métal de la blessure sanguinolente.

Durant la nuit, alors qu'il ne dormait que d'un œil, un léger bruit attira soudain l'attention de Janvier. Soulevant une paupière, il vit qu'un grand aigle à tête blanche les observait depuis l'autre bout du container.

19

Maladroit sur ses pattes, le grand grizzli trébucha plusieurs fois avant de s'affaler de tout son long. L'animal se releva péniblement et reprit sa marche hésitante dans les couloirs de la caverne. Vicky l'encourageait de toutes ses forces. Le temps pressait : si Korongo surgissait maintenant, tous leurs efforts auront été vains. Elle n'avait pas prévu que Naima, après deux cents ans passés dans le corps d'un serpent à sonnette, aurait complètement oublié la façon de mettre un pied devant l'autre. Dans d'autres circonstances, le tableau eût été comique, mais là les enjeux étaient trop importants.

La jeune Huronne et ses guerriers n'avaient pas été très difficiles à convaincre. La perspective de quitter leur enveloppe reptilienne avait été plus forte que leur crainte de la sorcière noire. L'étape suivante fut plus ardue : Vicky n'était pas du tout certaine de pouvoir remplacer l'esprit présent dans l'ours par celui de la jeune Indienne. Elle savait que c'était possible en théorie, vu qu'Ishia et son démon de fils passaient leur temps à faire ce genre de manipulation, mais elle n'avait aucune certitude quant au fait de pouvoir le faire elle-même, surtout en un temps limité.

Elle avait commencé par mettre Naima en transe de manière à pouvoir disposer de son esprit, puis, sous sa forme astrale, elle était allée rendre une petite visite au gardien de la caverne. Le premier contact fut malheureux : l'humain qui habitait l'enveloppe du plantigrade, apparemment simple d'esprit, fut paniqué par les tentatives de la jeune femme et se referma comme une huître. Elle allait devoir forcer le passage. Vicky commença à pousser, d'abord doucement puis de plus en plus fort, sur l'âme récalcitrante pour tester sa résistance.

Ses résultats furent quasiment nuls, néanmoins elle se dit qu'avec le bon angle et peut-être le bon outil, elle pourrait y arriver. Il fallait se montrer imaginatif. Vicky se saisit de l'âme de Naima et, s'assurant une bonne prise, s'en servit pour pousser sur celle de l'ours. Il y avait du jeu, elle était sur la bonne voie. Finalement, avec une sorte de *plop* astral et après de nombreuses tentatives infructueuses, Naima investit le corps de l'ours et fit ses premiers mouvements.

Quand elle entra dans la caverne, l'Indienne s'arrêta au bord du bassin, contemplant la fosse qui constituait son univers depuis plus de deux siècles. C'était le moment crucial. Naima pouvait craquer psychologiquement pour une bonne dizaine de raisons toutes parfaitement valables, parmi lesquelles voir son propre corps inerte, ou encore tout simplement avoir peur de la mort. Elle allait devoir traverser le bassin rempli de crotales qui, même s'ils n'avaient pas d'ordres directs concernant Naima, l'attaqueraient à coup sûr, ne serait-ce que pour se nourrir. L'ours mourrait, c'était inévitable.

Hardiment, la jeune Indienne descendit dans le bassin. Les membres de son village formèrent une rangée protectrice autour d'elle. Ça ne suffirait pas face à la multitude mais cela permettrait probablement de gagner un temps précieux. Le venin des crotales n'est pas foudroyant mais une centaine de morsures pouvaient certainement stopper un ours en pleine course. Le facteur temps serait déterminant.

Dès qu'elle se sentit prête, la jeune Indienne prit son élan et courut le plus vite possible en direction du promontoire rocheux, écrasant les serpents sous son poids sans même y prêter attention. Arrivée à la paroi de pierre, elle s'immobilisa pour permettre à Vicky de grimper sur ses épaules et c'est là qu'elle sentit les premières morsures. Elle tressaillit sous la douleur mais repartit en sens inverse avec son chargement sans y prendre garde.

Le trajet retour ne fut pas aussi simple. L'effet de surprise était passé et la présence de Vicky stimulait grandement l'animosité des massassaugas. Le grizzli buta bientôt contre un véritable mur de serpents mortels qui menaçaient de le submerger entièrement. Naima hurla tandis que les morsures se multipliaient et enfonça brusquement ses pattes sur la masse de reptiles. Quelques mètres furent gagnés, mais l'ours, au bout de ses capacités, tomba sur les genoux. C'était la fin. Vicky, sentant la panique arriver, bondit de toutes ses forces en direction de la bordure.

Le saut fut trop court d'un bon mètre et Vicky chuta au beau milieu des serpents. À l'atterrissage, elle poussa un cri de rage et de frustration, comme son oncle lui avait appris, avec toute son âme et en usant de son énergie vitale. Probablement que les crotales furent impressionnés car au lieu de l'attaquer, ils reculèrent d'un bon mètre.

Vicky, interloquée, remonta sur la bordure sans demander son reste. La seule chose qu'elle voulait désormais, c'était prendre ses jambes à son cou, mais il lui restait une tâche à accomplir, elle l'avait promis. Rejoignant l'entrée de la caverne, elle s'assit au sol et replongea en transe. Dans le monde astral, elle réunit Naima et les âmes des guerriers hurons et entreprit de les transférer, les unes après les autres, dans les corps des chauves-souris qui pullulaient dans la première grotte. Ce n'était pas l'idéal mais c'est tout ce qu'elle pouvait faire pour l'instant.

Elle avait presque fini quand Ishia fit irruption à l'orée du bois.

– Oh, mais notre petite protégée a fait bien des progrès ! fit-elle, narquoise.

Vicky percevait néanmoins de l'admiration dans sa voix.

– Comme c'est adorable, continua la sorcière. Elle essaie de sauver ses amis les serpents. Voyons voir si tu peux te sauver toi-même !

Vicky Van Halen sentit une brusque pression dans son crâne. Une bourrasque psychique d'une puissance inouïe l'emporta d'un coup sans qu'elle ne puisse rien y faire. En une fraction de seconde, la jeune femme perdit pied et se retrouva dans le monde astral. Dans un flash, elle vit son oncle Tsutomu et reprit espoir. *Ne baisse pas les bras face à l'adversité,* disait-il. Bon sang, hors de question d'abandonner son corps qu'elle avait eu tant de mal à récupérer. Vicky retourna dans la bataille et lutta pour retourner dans l'enveloppe que lui avaient léguée ses parents. Elle lui appartenait de droit et ne laisserait personne l'en déposséder.

Mais la sorcière était terriblement puissante. Les forces qu'elle déchaînait dépassaient l'entendement, et pourtant, centimètre par centimètre, Vicky regagnait du terrain. Elle sentait son âme s'effilocher, mais sa volonté ne fléchit pas une seconde jusqu'au moment où elle fut à nouveau dans son corps.

Rouvrant les yeux, elle vit qu'Ishia s'était rapprochée.

– Bravo, s'exclama-t-elle en riant. Quelle bravoure ! Mais je crains que tu n'aies épuisé toutes tes ressources…

Et c'était vrai… Vicky, à bout de force, se sentait totalement vidée et bien incapable de supporter une nouvelle attaque.

Une chauve-souris choisit ce moment pour percuter l'interrupteur du bandeau métallique de la jeune fille.

– Pas toutes, non.

Vicky arma son poing et, d'un puissant uppercut, assomma proprement la sorcière.

20

L'aigle s'approcha doucement sans faire de bruit. Le commissaire Janvier l'observait à travers ses paupières mi-closes, hésitant sur l'attitude à adopter. D'un côté, il avait une envie folle de dégainer son revolver et de refroidir le volatile ; de l'autre, il était curieux de connaître ses intentions. Derrière les iris dorés, l'ornithologue se trouvait probablement aux commandes. Le fils d'Ishia avait un faible pour les oiseaux.

Janvier le vit s'approcher d'Ockinawe qui dormait profondément, puis pencher la tête au niveau de sa taille et appuyer avec le bec sur l'interrupteur du boîtier qu'il portait à la ceinture, coupant l'alimentation de son bandeau protecteur. Peu après, le rapace s'assoupit tandis que le Spectre ouvrait les yeux et coulait à Janvier un regard mauvais. Le sang du commissaire ne fit qu'un tour : il bondit sur son coéquipier, lui immobilisa les bras dans le dos et, avant qu'il n'ait pu réagir, lui enserra les poignets et les chevilles à l'aide de colliers en plastique. Puis, tranquillement, il ralluma le boîtier.

– Libère-moi, crétin !

– Le prénom de votre père, le nom de jeune fille de votre mère, répondit Janvier, toujours sur son dos, en citant la vérification d'identité favorite de la police municipale française.

– LIBÈRE-MOI, JE TE DIS !

– Cause toujours…

C'est à ce moment précis qu'un ours grondant de rage fit son entrée à l'intérieur du container.

– Fermez le container, ordonna Triple M. Immédiatement. Actionnez le système Faraday.

– À vos ordres, Madame.

L'acariâtre responsable des services secrets canadiens se trouvait à bord du Chinook avec son assistant et observait la scène aux jumelles infrarouges. L'hélicoptère stationnait à trois cents mètres d'altitude, non loin de la cuvette, ce qui lui permettait une bonne vision d'ensemble. Deux jours auparavant, ils avaient équipé le vieux container d'un système de fermeture à distance et d'un appareillage grand format inspiré des bandeaux protecteurs trouvés en Norvège, puis l'avaient largué à proximité de la camionnette grise. Depuis, ils observaient.

Quand Janvier avait porté le Spectre à l'intérieur, Triple M ressentit l'excitation du chasseur qui voit approcher sa proie. L'appât était en place, il suffisait d'attendre. La suite lui donna raison : au milieu de la nuit, un gros rapace s'était faufilé dans la nasse, bientôt suivi par un ours. Il était temps de refermer le piège.

– Nous avons un problème, Madame : la porte du container vient de se bloquer.
– Vous vous foutez de moi ?
– Je n'oserais pas. Autre chose, Madame : des animaux en approche de la cible. Une vingtaine. Des gros, probablement des ours ou un truc dans le genre.

Le commissaire fut pris au dépourvu par l'arrivée du plantigrade et avant qu'il n'ait pu réagir ou pointer la moindre arme contre lui, l'ours lui assena un coup de patte qui lui arracha l'oreille et une partie de la joue. Janvier fut projeté contre la paroi qui résonna comme un gong. Sans attendre le deuxième coup, le commissaire se carapata, plus par réflexe qu'autre chose, si bien qu'il était proche de la sortie quand la porte commença à se fermer. Réalisant ce qui se passait, il sauta à l'extérieur et courut droit devant lui dans la forêt.

S'il avait regardé derrière lui, il aurait vu l'ours se faire coincer par la porte du container qui se refermait. Le panneau métallique broya le corps de l'animal et resta entrouvert, bloqué par le cadavre. Il aurait aussi pu voir le corps d'Ockinawe retomber dans une profonde léthargie et l'aigle s'envoler à sa poursuite par l'ouverture de la porte.

Mais Janvier ne vit rien de tout ça. Autour de lui résonnaient explosions et tirs d'armes automatiques, comme si une guerre venait d'éclater. Dissimulé par la frondaison, impossible cependant de savoir qui tirait sur qui. Ce qu'il vit en revanche, à quelques mètres de lui, ce furent les trois ours bruns qui chargeaient dans sa direction.

Une roquette le frôla et percuta celui du milieu. L'explosion projeta le commissaire en arrière et il s'affala dans l'herbe, sonné.

Janvier se retrouva d'un coup hors de son corps, ce qui se révéla fort agréable. D'un coup, plus de fatigue, plus de douleur, le poids de la vieillesse envolé… La sensation était des plus plaisantes. Il voyait le cadavre des trois ours et son propre corps non loin, immobile mais toujours en vie. En se rapprochant, il constata avec regret que le souffle enflammé de la roquette l'avait brûlé sur tout un côté et aussi, chose qui lui créa comme un grésillement dans le ventre, que le câble d'alimentation de son bandeau était arraché.

La bizarre sensation se mua soudain en une lourde pierre, froide et pesante, quand le corps du commissaire se releva sur un coude et le fixa droit dans les yeux en ricanant de son affreux visage défiguré et à moitié carbonisé.

– Le commissaire est à moi maintenant, s'entendit-il dire d'une voix rocailleuse.

Janvier poussa un cri silencieux et ne put qu'assister, impuissant, au départ de sa vieille enveloppe, certes abîmée, mais à laquelle il était bougrement attaché. Il commença à la suivre, avant de distinguer sur le sol le corps d'un grand aigle à tête blanche auréolé d'un léger halo lumineux. Une drôle d'idée lui vint alors.

21

À elle toute seule, Triple M avait éliminé la quasi totalité des ours à la roquette. Elle adorait ça. Pour l'heure, elle surveillait Janvier qui retournait vers le container et décida qu'il était temps de s'occuper de la porte coincée. Elle tira un premier engin explosif qui, s'il ne permit pas au panneau de se refermer, eut au moins l'avantage de libérer grandement le passage, puis attendit la suite des événements.

Un sourire de satisfaction éclaira son visage quand elle comprit que le commissaire, n'accordant aucune attention aux multiples cadavres jonchant le sol, se dirigeait droit vers le container avant de franchir l'ouverture sans hésiter. Elle tira aussitôt une deuxième roquette dont l'explosion faillit renverser la structure métallique. Elle priait pour que ça fonctionne, tout dépendait de cette fichue porte. Le sort lui donna raison : le panneau coulissa enfin, piégeant ses occupants à l'intérieur.

– Bon sang, j'ai réussi ! dit-elle en jubilant d'excitation. Mon brave Dawson, vous n'aurez pas à descendre risquer votre vie, j'espère que vous appréciez. Gazez-moi donc les occupants de cette fichue boîte, s'il vous plaît.

Le lendemain, ils découvrirent la grotte aux serpents à quelques encablures de là. À l'intérieur se trouvait la meute de massassaugas occupée à dévorer le cadavre d'une femme à la peau noire. Un pieu de bois lui transperçait le cœur et, sur le promontoire, était inscrite en lettres de sang la phrase suivante : «Ci-gît la Sorcière aux Mille Visages». Triple M constata avec intérêt qu'un bandeau métallique enserrait son crâne et que celui-ci était toujours alimenté. L'âme d'Ishia était donc probablement piégée dans son propre cadavre comme celle de son fils l'était dans le container.
Les deux dépouilles furent transportées en l'état, avec d'infinies précautions, jusque dans un laboratoire secret du gouvernement canadien. On n'entendit plus jamais parler d'eux.

Celle qui fut Vicky Van Halen marchait droit devant elle, vers le soleil couchant. À chaque pas, les serpents tatoués sur sa peau semblaient prendre vie et se lover amoureusement sur son corps. Un observateur peu scrupuleux aurait pu la croire distraite ou perdue dans ses pensées, mais c'était tout l'inverse : sa concentration était si forte qu'elle évoluait simultanément sur plusieurs niveaux de réalité. Dans l'un d'entre eux, elle conversait activement avec Naima sur l'avenir de sa tribu, lorsque le grand aigle à tête blanche arriva et se posa sur une branche basse.

– Oh c'est toi ? dit-elle en s'approchant.

L'animal baissa la tête tandis qu'elle passait la main dans les plumes de sa tête.

– Ça te va bien, l'aigle, tu sais…

–…

– Tu préfères ? Ça ne m'étonne pas, fit-elle avec un petit rire.

–…

– Ishia ? Tu as raison. Mais d'abord, je dois ramener ceux-là dans leur village. Deux cents ans qu'ils attendent. Veux-tu venir ?

–…

– À la bonne heure ! En route, le reste attendra.

Vicky s'éloignait dans la lumière du crépuscule, sans regarder derrière elle ni réaliser que, sans le vouloir, elle venait d'attirer l'attention d'un autre monstre bien plus malfaisant que la sorcière noire : tapie dans l'ombre de la forêt, une plantureuse jeune femme dont les longues boucles brunes ne dissimulaient ni la peau nue ni les yeux brillant d'excitation, lui emboîta silencieusement le pas.

REMERCIEMENTS

Merci à mes lecteurs de supporter mes élucubrations avec tant de bonne humeur, à Fred, à Nathalie, Lou, Nancy, Alinecara, Nina, Arnaud, Eve, Denise, Nico et à tous ceux que j'oublie.

Rendez-vous bientôt pour de nouvelles aventures !